U0927243

一草
作品
Yicao
works

FOREVER
FUTURE LOVE

草莓

少女时代的我们

CNS PUBLISHING & MEDIA 湖南文艺出版社 HUNAN LITERATURE AND ART PUBLISHING HOUSE 博集天卷 CS-BOOKY

开朗、天真，这是我，

大大咧咧、没心没肺，这也是我。

我以为我永远都不会变，直到那一年，和他遇见……

我是璐宛溪 我在《草莓》里等你

在她们眼中，我叛逆早熟，是个坏孩子；
在他们眼中，我风情万种，却可怕危险。
这些都是我，这些也都不是。
我是复杂的、脆弱的、高傲的、可怜的……

我是卢一荻 我在《草莓》里等你

习惯了平淡，习惯了自卑，
习惯了老天的安排，习惯了所有的习惯。

深深喜欢着一个男孩，
整整陪伴了他一年半，却从来没在他面前出现过。

我是陶梦茹 我在《草莓》里等你

如果命运让我再选择一次，
我一定不会选择现在的生活；

如果爱情让我再选择一次，
我一定还会选择现在的你，
因为有你，我不愿意改变我自己。

我是鹿安　我在《草莓》里等你

狠、冷，还有孤独，就是我的全部。
我信奉只有绝对无情，才能绝对不受伤。
所以，千万不要爱上我。

我是余阮 我在《草莓》里等你

校草、学霸、乖乖仔……
这些都是别人眼中的我，我却一点都不在乎，
我只希望有一天，你能重新定义我。

我是崇礼 我在《草莓》里等你

一路走来，相依相偎，
你是另一个我，我是另一个你。

是你让我懂得了什么是永远，
可为什么分别来得那么突然？

你是我最爱的人，也伤害我最深。

我要报复，让你为无情付出代价。
我要让你明白，女人复起仇来，连魔鬼都害怕。

读者眼中的一草以及他的作品

FATmonstar

很庆幸可以看到你的书。庆幸的是，这个世界上还有和我一样的人；庆幸的是，有人懂我们。

回复

你的我的你看

刚读了您的书，《青是受伤，春是成长》感觉很好，感觉您的书不是鸡汤，但净化心灵。真想听您的演讲。

回复

俐啊–

通过同学看了《那时年少》四部曲，我很喜欢，尤其是《毕业了，我们一无所有》。我也是一位即将高中毕业的学生，看完后很有感触，希望能从你的作品中收获更多意想不到的美好。

回复

鬼鬼酱a

一草大叔，您好。

我只是您千千万万读者中的一个平凡的孩子。一次偶然的机会，我接触到了您的书，写得那么真实，那么让人心疼。很喜欢您的作品。

回复

爱笑–fariy

嘿，一草老师，您好！刚刚阅读了您的书，我很有感触。我在生活中也被友情的事情困扰，因为我不会交朋友。我的性格虽大大咧咧，但不愿去交朋友，不知道为什么，心里很排斥。

回复

青空忆成易

喜欢你的小说，我是女生，我在大学里也经历着这些爱与痛，我始终相信爱情，虽然我们面目全非……谢谢你的《那时年少》。

回复

噢木头我的小蠢货

今天重温了一遍《写给年少回不去的爱》，心情与一年前看时大不相同。看到后记的时候，我仿佛看到了十年前那个踌躇满志、雄心勃勃的一草，就像现在的我，在这个青春、迷茫、疯狂的当口，把文字当作唯一的宣泄和救赎。一草，我相信总有一天，我们可以并肩作战，而我现在正为之不断努力着。你要等我哦！

回复

我不会改名字就这个吧

一草大哥，我很喜欢看你的作品！真的非常非常感人！书里教会了我许多！期待《那时年少》系列的第六部！加油！

回复

M鹿沫儿

一草叔，我是第一次看您写的小说，感触很深。我有很多话想说，却不知道该从何说起。看过《那时年少4》后，我想起了很多美好的和不美好的过往。

回复

少年与工地砖

草哥，一直是你忠实的粉丝。不知为啥你书里的故事很悲观，当时上初中看的第一本是《写给年少回不去的爱》，结局很虐，但是又很令人感动；虽然很现实，但是也有很多感动。等你《小人物》的第二部！

回复

終你i

你好！我最近看了一部你的书，《那时年少5》。我看完后哭了，因为我想起了我的爱情故事，虽然不像书中那样精彩，但是让我现在还心痛，因为我还喜欢那个伤过我的人。

回复

给读者的信

亲爱的你们：

一直以来，我都想写一个美好的，却也有一点点残酷的故事。

故事的主角是一群年少的女孩。

她们新鲜、纯粹、骄傲、勇敢，

就像草莓；

同时甜酸、脆弱、敏感、不安，

也像草莓。

在我眼中，草莓是她们最好的代名词。

愿意付出，愿意相信别人，愿意为爱奋不顾身。

我用了两年时间，终于把这个故事写了下来。

书的名字就叫《草莓》，

关于成长的喜悦和烦恼，也关于说不清道不明的友情与爱。

总之，这是一本为你们量身定做的书，

希望你们能喜欢。

如果你们从书中看到了自己，

千万别忘了告诉我！

身为作者，那就是最大的幸福。

——你们的草叔

目录 草莓

少女时代的我们

目录 | 草莓

少女时代的我们

璐宛溪

Chapter

认识他是我人生中最不后悔的事

我更相信，与其总是经历错的爱情，还不如等到对的人出现。
哪怕他来得再晚，只要他存在，我就会一直等他出现。

——璐宛溪

1

我叫璐宛溪，外号“七七”，是一个神经相当大条的女孩——简直生活不能自理的那种。

比如：扔个垃圾能把钱包扔了，垃圾还留在包里。

再比如：上厕所总是掉手机，从iPhone 4一直掉到iPhone 7。

化学课上，老师让我们带点盐做实验，结果我把家里的味精带来了。全班同学哄堂大笑，老师很生气地问我是不是故意的，我一紧张，说：“是的。”

每周的生活费我都让卢一荻代为保管，因为钱在我身上不到三天，保证掉光。

卢一荻对我说：“七七，你这么马虎，总有一天你会把你的爱人也搞丢的。”

我斩钉截铁地回答：“绝对不可能。”

说完又补充：“我才不谈恋爱呢，有你和梦茹就足够啦！”

2

从小父母就告诫我：上学时千万不要早恋。人生很长，你无法确保现在心动的那个人就是能够陪你走一生的人。

虽然我一直和他们对着干，但把这句话听到了心底。

而友情则是美好的、安全的、值得依赖的。

所以在很长一段时间里，我都坚定不移地认为我的人生只要有友情就足够了。

卢一荻和陶梦茹，我最好的两位朋友。这绝对不是病句，在我心中，她俩一样重要，都比我的生命还要重要。

她俩性格迥异：一个外向奔放，一个内敛含蓄；一个像夏天，一个像冬天。而我呢，取了中间值，像秋天，该疯的时候我比谁都疯狂，该文静的时候绝对大家闺秀。

我们性格互补，脾气相投，以我为轴心，从小学到中学，一直形影不离。

高考后，爸爸费了好大的劲给我争取到了一所中澳合办大学的入学资格，只要在国内读两年就能直接出国。陶梦茹则不出意外地考进了本市最好的高校F大。至于卢一荻，她根本没参加考试，最后自费上了F大的成教学院。

为了能够和她俩继续在一起，那年夏天，我自主做了人生中的第一个重要抉择：放弃出国，继续留在本地读大学，并且只上F大。为此，我被爸爸、妈妈、爷爷、奶奶、姥姥、姥爷、舅舅、姑姑几十号人集体狠狠批斗了一个多月，最后还是因为我威胁要离家出走才告一段落。

所有人都说我傻，但我从来不后悔。我天真地以为只要我们在一起，我们的友情就会情比金坚，我们就会永不分离。我们约定好要一起找工作，一起上班，一起结婚，一起生小孩……

对此，我坚信不疑且身体力行，我实在想不出这世上会有什么力量可以将我们分开。

尽管多年以后，我终于明白，那不过是我青春期做过的最美丽也是最一厢情愿的梦。

而是梦，就一定会醒来。

3

大二刚开学没多久，卢一荻和陶梦茹就都恋爱了。

这对卢一荻而言并非什么新鲜事，因为这么多年来她一直在谈恋爱。只是每次保质期都很短，最长不过一两个月，而且每次都是她抛弃对方，然后再开始下一场的追逐，乐此不疲。

不过这一次她似乎要来真的了，因为她不止一次对我说："七七，遇到他之前，我只是无聊，最多心动，而这一次，我确定是爱。"

卢一荻不是一个矫情的人，但矫情起来简直不是人。

卢一荻口中的他叫余阮，一个没工作也没前途，成天游手好闲的混混。完全不明白她怎么会被这种人迷惑得神魂颠倒，而且整个人都被这份感情掏空，哪怕和我在一起，也一天到晚余阮长余阮短的，特烦人。

卢一荻这次来真的的另一个佐证是她竟然把第一次给了余阮。记得那是一个周末的傍晚，我正在家里百无聊赖地写作业。卢一荻突然给我打电话，她压着颤抖的声音对我说："亲爱的七七，我把自己给了他，就在刚才。"记得当时我还似懂非懂地在电话这头陪着她傻乐，等挂了电话好半天才突然明白过来，情不自禁地叫了一句"我靠"，吓了刚下班回家的老爸一大跳。

至于陶梦茹，她则很不幸地暗恋上了我们学校当之无愧的校草崇礼，一个非常帅、学习好，体育还超厉害的男孩。据说喜欢崇礼的妹子可以单独组成一个班了，据说他收到的礼物可以拿出去开家小卖铺了，据说他眼光非常非常高，从来不搭理那些爱慕他的女生。所以说喜欢崇礼绝对是件很闹心的事，因为根本就没有任何胜算。

陶梦茹也说不清楚自己究竟什么时候开始喜欢崇礼的，反正等发现的时候就已经很喜欢很喜欢了。可她不敢和他说哪怕一句话，甚至不敢出现在他眼前一秒钟，更别提表白了。她永远只会躲在暗处欣赏他、仰慕他、祝福他，真够逊的。

以上就是我两个闺密的恋爱实况。看，就像她俩的性格那样，炽热的太炽热，寂寞的又太寂寞，虽然我也不懂恋爱的滋味，但我知道，一定不该是这样的。

4

每天晚上自习结束后，陶梦茹都会拉着我做同一件事。

她会等到教学楼熄灯，同学全都离开后，悄悄潜进崇礼的班级，摸黑往他课桌上放一颗幸运桃心。

桃心是她白天叠的，里面写满了她对他的爱慕和祝福，当然，是匿名的。

别看陶梦茹平时少言寡语，看上去笨笨的，但在这件事上，相当神奇。因为不管教室里有多黑，不用任何光源，她都能准确无误地找到崇礼的座位，哪怕白天他们班刚刚轮换过座位，她也一定能找到。

作为全程陪伴梦茹的人，我一直不解的是，她为什么不直接把桃心给他呢？至少应该让他知道是谁的心意吧。

对此，陶梦茹总是淡淡地回答："能为他做这些，我已经很满足了。"

"可万一他根本就不看呢？"

"这不重要啊！"

"那什么才重要？"

陶梦茹认真想了想，对我说：“他过得幸福最重要。”

5

一天放完桃心后，陶梦茹没有像往常那样立即离开，而是在崇礼的座位上坐了好一会儿，还拿出了他的笔记本，用手指在崇礼的字迹上轻轻摩挲着。

我紧张地小声说：“梦茹，快走吧，万一被查房的人看到就糟糕了。”

向来胆小谨慎的陶梦茹竟然还不愿意起身，甚至趴在了桌子上，很痴迷地深呼吸着。

我好奇地问：“梦茹，你今天怎么怪怪的？”

她微笑着对我说：“今天是他生日，我感觉这样就能和他更靠近一点了。”

“你怎么知道的？”

梦茹答非所问：“我知道他所有的事。”

陶梦茹似乎的确知道崇礼所有的事，他什么时候来学校，什么时候打篮球，什么时候心情好，什么时候心情糟糕，甚至每天中午吃什么菜，陶梦茹都了如指掌。

对了，陶梦茹还坚持每天中午都吃一遍崇礼吃过的菜，哪怕她根本就吃不了那么多，也绝不会落下一道。吃的时候更是充满了感情，仿佛在和那些油腻腻的菜谈情说爱。

陶梦茹独特的暗恋方式令我特别着急又特别无奈，我不止一次地质问：“请问，这样真的好吗？”

而她的回答每次都一样：“我也不知道，可我就想这样做。”

“你不累吗？”

“一点都不累。”

6

好吧，亲爱的陶梦茹同学，你演独角戏不累，我却看累了。

我决定替她告白，万一成功了呢？就算不成功，也没什么损失，不是吗？

我问卢一荻有什么好的告白方法，她的情感经验比我和陶梦茹加起来乘十，不，乘一百还要丰富。

“七七，你真的很想帮她？”卢一荻的话凉飕飕的。

“当然咯。”

“那你就不要多管闲事。”

“拜托，这怎么是多管闲事呢？这叫为朋友两肋插刀好不好！”我不服气地说，“我不但要管她，也要管你，你那个余阮一看就不是什么好人。”

我以为卢一荻会奓毛，没想到她竟然很平静地说：“我知道啊！”

“他和你就是玩玩的，不过看你年轻漂亮，还愿意在他身上花钱。”

“我也知道。”

“那你还和他谈？你可真傻！”我故作老成，“分了吧，相信我，长痛不如短痛。”

卢一荻的声音突然颤抖起来：“分不了了……我怀孕了。”

“天哪！”我惊慌失措，“那可怎么办？”

“我也不知道，我好害怕。”

“别怕，别怕，我们一起想办法。”

“还能有什么办法？要么做掉，要么生下来。”

“你疯啦！怎么可能生下来呢？你还是学生。”

“我可以退学，只要他愿意，我就敢。”

“那……他愿意吗？”

卢一荻的眼神瞬间黯然：“不愿意，而且还不承认。”

我怒不可遏：“这个人渣，王八蛋，挨千刀的，简直不得好死，我这就找他算账去！”

“你不要去，要去也是我去。”卢一荻拉住我，认真地说，“七七，你对我好我知道，但这一次，我的事，你不要管。”

我更认真地回应：“那不可能，我绝对做不到。”

四目相对，卢一荻最后长叹了口气：“给我几天时间，我会再找他好好谈一次，如果他还是薄情寡义，你就陪我一起去医院。”

我点头说：“不管结果如何，我永远在你身边。”

卢一荻没再说话，而是紧紧抱着我，号啕大哭。

7

我开始跟踪崇礼，伺机向他告白——不，替陶梦茹告白。

虽然卢一荻不赞同我这样做，但我还是控制不住。很多时候，任性的我更相信自己内心的声音。

崇礼很高，所以目标很明显，我从他一走出教室后便开始跟踪。

我们一前一后，走出教学楼，走过图书馆，走进小花园……

他快我也快，他慢我也慢，他停我也停，他转身我也转身，装作若无其事。

不，不能转身，因为等我再回头，他就不见了。

真是只狡猾的狐狸啊！

第二天，我继续跟踪。这一回我学乖了，他快我也快，他慢我也慢，他停我也停，他回头我决不回头，他朝我瞪眼，我就狠狠地瞪回去。

见我如此嚣张，崇礼凌厉的目光很快偃旗息鼓，脸上更是写满了无可奈何，最后走投无路，干脆钻进了一道门后就再也没出来。

我真的很想追进去，但理智告诉我不可以那样做。

因为那是男厕所。

堂堂校草竟然被我活活逼进了男厕所，也是没谁了。

我叉腰昂头，决定守株待兔。小样，还和我玩捉迷藏，看谁耗得过谁。

身边围观的男生越来越多，个个用好奇的眼光打量我。

终于，一个满脸写着匪夷所思的大眼睛男生忍不住说："同学，这是男厕所，女的在那边呢。"

我很窘，嘴上却不服："我又不瞎，难道这里是你家？"

又有男生起哄："有种就进去啊！"

我冷笑："你先让里面的人有种就出来。"

大眼男立即接话："我进去帮你看看。"

很快，他又笑嘻嘻地出来了："他说他才不出来呢，出来就输了。哎，你们这是在玩什么游戏啊？"

玩游戏？玩你妹！

那天我在男厕所外守了很久，崇礼也在里面躲了很久。

仿佛一场无声的较量，且是持久战，敌我双方越是投入，就越不愿放弃。

而我的情绪也由害羞、窘迫、愤怒、负气、后悔、不忿，变成最后的怀疑。

我怀疑男厕所里肯定有一个秘密通道。

一定是这样，刚才那个大眼男故意谎报军情，崇礼其实早就不在里面了，而我还像个大写的笑话一样傻傻地在外面守着。

“晕！”我气急败坏地直跺脚，在至少一百名男生的围观下愤愤离开。

结果，我前脚刚走，崇礼就在一片欢呼中扬扬得意地走了出来。他高昂着头，面露胜利的微笑，甚至还和身边的男生拍手击掌。

真搞不懂这有什么好庆贺的，男生可真幼稚。

行，今天算我输，明天继续。

8

一夜无眠，想了各种对策，最后还是决定直接到他教室门口堵人，这个方法最直接也最有效。哈，小样，看你这次还能往哪里跑。

第二天中午一放学，我便以最快的速度跑到崇礼的教室门口，大声喊：“崇礼，你出来，我找你有事。”

他班上的男生又开始起哄：“哎哟喂，都找上门来了，这个女生好嚣张！”

我叉着腰，扬扬得意：“就嚣张怎么了？赶紧把人交出来，否则一个都别想走。”

在男生更强烈的起哄声中，无计可施的崇礼只得拉着脸走了出来。

为了防备他突然逃跑，我紧紧拽着他的胳膊，拽着他往前走。

崇礼没有挣扎，相信在我强大的气场下，他已经彻底丧失了抵抗的勇气。

就这样，我押解着他“游街示众”，一直走到教学楼后的花圃才松手。

崇礼表情相当复杂，满脸黑线，好半天才从牙缝里挤出几个字：“不——要——逼——我。”

“哈哈，难道你要放大招了吗？我好害怕啊！”不晓得为什么，面对崇礼，我总会很开心，感觉他好像一个……可爱的小弟弟。

见我如此泼皮无赖，崇礼一点办法都没有，无可奈何地对我说：“你到底想干吗？要杀要剐，痛快点。”

我瞬间笑到肚子疼：“我的天哪，你太可爱啦！好了好了，我不逗你了，你不要害怕啊，我找你其实只是想告诉你，有人喜欢你。”

“吓死我了！”崇礼长嘘一口气，一副活过来的表情，“女生还是男生？”

“废话，当然是女生了。”我尖叫，“天哪！难道还有男生向你表白过？”

崇礼“呵呵”了两声，不置可否，但表情明显很得意。

“好吧，其实这也没什么好奇怪的，你长得帅，成绩又好，篮球还很棒，大家都说你是校草，所以就算有男生喜欢你，也情有可原。”

他更得意了：“你一直在观察我？”

“算是吧。哈，我明白了，难怪你一直都不谈恋爱。”我眉飞色舞，“老实交代，你是不是取向有问题？本小姐表示很好奇哦。”

崇礼臭屁的表情瞬间转变：“你找我就是要说这些废话吗？”

“当然不是了，讨厌，谁让你转移话题打断我的。”我清了清嗓子，认真宣布，“本小姐找你，就是想告诉你，有一个女生很喜欢你，她每天都给你叠幸运桃心，每天都偷偷看你打篮球，每天都在心中默默祝福你要快乐，每天你吃什么她就吃什么，只是为了和你更靠近，请问你知道吗？

“不知道啊。”

“那现在知道了吗？”

“知道了啊。”

“知道了你都不感动吗？”

“不感动啊。”

“你说话能不能不啊啊啊！”

“可以啊！”

“我好想骂你。”

“我保证不还嘴。”

“你……怎么是这种人！”

“我一直都是这种人啊！从我妈肚子里出来就是这样的人啊！有问题吗？”崇礼一脸真诚且无害地看着我，嘴角突然流露出狡黠的笑容，“你是不是后悔了？”

“后悔你个大头鬼——不对，你千万别误会。”我突然反应过来，吓得声音都颤抖了。

“误会？”

“嗯嗯！”我狂点头，“喜欢你的人不是我，喜欢你的人是我……”

他打断我：“到底是不是你？”

“哎呀，你听我说嘛，事情是这样的……”

他再次打断我：“好了，璐宛溪，你不要解释了，解释等于掩饰。”

“真的不是我啦——咦，你怎么知道我的名字？”

“我知道你很久了好不好？你该不会以为随便一个陌生人都能把我逼进厕所吧？随便一个陌生人都能在众目睽睽下把我抓走吧？随便一个陌生人都可以和我说这么长时间莫名其妙的话吧？你没那么天真吧？”

“我……你……唉，好吧。”我突然不知道该说什么了，情况显然比我以为的要复杂很多。

“璐宛溪，虽然我很不喜欢你的表白方式，但我可以考虑接受你的感情。”崇礼已经完全占据了上风，说完又补充，“我是认真的。”

“我也是认真的——哎呀，你这人怎么可以这样嘛，好讨厌！”

完了，很像撒娇有没有？很白莲花有没有？很欲说还休有没有？我突然不知道该怎么澄清。

因为，根本无法澄清。

我在众目睽睽下上演了一场女追男的好戏，自己把自己逼进了死胡同。

唉！早知道自己情商不够用，就不逞这个能了，现在好了，进退维谷，怎么说怎么错。

丁零零！

就在我不知所措之际，手机恰逢其时地响了起来，拯救了我。

是卢一荻，一听她的声音，我就知道坏了。

电话里传来卢一荻绝望的声音：“七七，我想死。”

9

我找到陶梦茹：“你现在还有多少钱？”

“你要多少？”

“五百……六百吧，多多益善。”

“对不起，我一共才四百块，全给你。”

“谢谢，你都不问我要钱有什么事吗？”

“你从来都不缺钱，现在急需，一定是有重要的事。”

“卢一荻她……怀孕了，需要钱做手术。”

“天哪！怎么会这样？”

“她傻呗。”

“唉！其实我们都很傻。”

“或许吧。”我顾不上悲天悯人，收好钱赶紧走，“我得先去找卢一荻了，我怕她又想不开寻死觅活。”

“嗯，你快去吧——等等！”陶梦茹突然叫住了我，“七七，我也要请你帮一个忙。”

“你说，不管什么，我都答应。”

“请不要再去找崇礼了，更不要让他知道我喜欢他。”

“为什么啊？”

陶梦茹笑了，笑容有点凄凉。她很认真地对我说：“我只是一个很普通的女孩，喜欢崇礼是我做过的最不普通的事。

“他是我心里最早的痴迷、永远的故乡，却不会是最后的归属。

“我知道他永远都不会喜欢上我这种女生，每天能悄悄地为他叠一颗桃心，能悄悄地看上他一眼，我就很满足了。

“所以，请让我多点不普通的时间，不要现在就结束，拜托了。”

10

有了梦茹的钱，加上我东拼西凑来的一千多元，手术费差不多够了。

在此之前，我从没一个人去过医院，更别提陪朋友做这么痛苦的手术了。卢一荻被推进去的时候，我一直在外面哭。我突然害怕她会死在里面，如果那样，我一定会去找那个渣男，将他千刀万剐，为我最好的朋友报仇。

就在我胡思乱想之际，卢一荻做完了手术，她竟然是猫着腰自己走出来的。我赶紧上去搀扶，她的状态好像还行，脸上也没有泪痕，嘴角甚至还挂着笑容，只是麻醉的效力还没过，眼神看上去有点迷糊。看到她这可怜样，我又哭了起来。

“七七，你干吗哭呀！”这个傻丫头都难受成这样了，竟然还安慰我。

“我就是见不得你受苦。”我把卢一荻搀扶到病床上，然后紧紧抱住她，给她温暖。

卢一荻温顺地依偎在我怀里，轻轻在我耳边说：“我又活过来了。”

我拍着她的后背：“那就好好活，千万不要再让自己受到伤害了。”

卢一荻点头："我会的。"

"你发誓。"我认真地看着她，"一荻，看到你受伤害，我恨不得遭罪的人是我。"

"好，我发誓，以后一定好好活着，不伤害自己。"

"也不要让别人伤害你。"我咬牙切齿地说，"余阮那个浑蛋，我不会放过他的，迟早要给你报这个仇。"

"算了，都过去了。"

"不能算，你答应我，以后不要再找他了。"

"我……"

"听我的，离开那个浑蛋吧，他只会伤害你。"

"我……我怕我做不到。"

"为什么啊，你就那么缺爱吗？你还有我啊！"

"那不够，远远不够！"卢一荻突然激动地叫了起来，"七七，我知道你对我好，可是我要的你根本给不了。"

我怔怔地看着她。

"我真的很孤独，我需要很多很多爱。"

我从来没见过卢一荻如此脆弱，哪怕刚才做完手术，她都努力表现出坚强，可现在她的内心好像突然崩塌了一样。她抽泣着对我说："我还需要温暖的家庭，需要慈爱的父母，需要别人的羡慕和祝福，可这些我都没有。

"七七，我们是最好的朋友，我去过你家好多次，可我从来没有邀请你去过我家，你不觉得很奇怪吗？

"七七，你所有的事都愿意和我分享，可我从来没有和你提过我的父母和成长，你不觉得很奇怪吗？"

我点头，我确实觉得很奇怪，只是一直没多问，因为我知道，卢一荻是个很聪明的人，她取舍有度，但凡能告诉我的一定会说，不能告诉的，她也一定会守口如瓶。

现在，或许到了她愿意倾诉的时候了。

“因为，我根本就没有一个完整的家。从我有记忆开始，他们每天都在打架，家里永远乌烟瘴气，没过过一天好日子。一开始我还总央求他们不要吵架，后来我也烦了，麻木了，不在乎了，就让他们赶紧离婚，放过彼此。可是那个男人根本不干，因为我妈很能赚钱，他游手好闲惯了，需要我妈养着他。再后来，他拿着我妈的钱在外面包二奶，还把小三带回家，我妈气得差点自杀。后来我妈起诉离婚，结果开庭的时候，他把汽油带到了法院，然后突然浇满全身，拿着打火机说只要法院判决离婚，就立即自焚，吓得那些法官当场休庭。就这样又拖了几年，他终于同意离婚了，但条件是我妈净身出户，他把房子、所有的钱都据为己有。我妈带着我离开的时候，我们甚至连最便宜的旅馆都住不起。”

我倒吸一口凉气：“太可怕了。”

卢一荻笑了，笑得很绝望：“后来我们辗转来到这里，为了谋生，我妈开始承包工程，没日没夜地在工地上干活，比那些男人都能吃苦。而我只能一个人孤独地长大，没有人管，没有人爱，只能眼睁睁地看着别人议论我们，嘲笑我们。每天夜里我都不敢关灯睡觉，只要一关灯，我就会做噩梦，真的特别可怕。醒来后，我吓得蜷缩在墙角，瑟瑟发抖，就这样度过了一个又一个漫漫长夜。

“我就是在这种可怕的环境下长大的，身心备受摧残，我真的好恨他们，恨他们生下了我，让我承受这些无法承受的伤害。我好痛苦，可是在外面，我还要拼命装作很幸福的样子，就是不想被人看轻。我真的很累。”

我若有所思地点点头：“难怪你总是不停地谈恋爱。”

“是的，我缺爱，害怕孤独，所以一直在寻找，可是始终找不到，好不容易找到了，却又留不住。”

泪水滑过我的脸庞，我再次紧紧地抱住她："你可以告诉我啊，我会对你更好的。"

"没用的，后来我明白了，这就是命，我们每个人都无力和自己的命运抗争。就像你，从小条件优渥，父母恩爱，你眼中的世界都是美好。这些都是命，是命就要认，我反抗过，但没有用。现在，我认命了。"

我眼前突然一亮，兴奋地说："那你以后住我家吧，我爸爸妈妈一定会把你当亲生女儿看待的。"

卢一荻没有接话，而是温柔地抚摸我的脸，轻轻地摇头："七七，谢谢你，有你真好。如果有一天你也谈恋爱了，千万别像我一样傻，不要受伤，答应我，好吗？"

11

记得卢一荻曾不止一次地追问我到底喜欢什么样的人：帅哥？学霸？暖男？还是富二代？

我说都不是，我只喜欢对的那个人。

就是有一天你遇见了，心中就会有个声音：就是他了。

卢一荻笑我幼稚："傻妞，言情小说看多了吧。"

说来奇怪，我是个大事没主意、小事不坚持的人，但在恋爱这件事上，我无比相信自己内心的期待。

我更相信，与其总是经历错的爱情，还不如等到对的人出现。

哪怕他来得再晚，只要他存在，我就会一直等他出现。

我曾悲观地认为我有可能永远都遇不上这个对的人。可怎么也没想到，十九岁那年的秋天，这个人突然就出现了。

12

事情还得从我人生的第一次打工经历说起。

打工是为了还债，特别是还陶梦茹，因为她把钱都给了我，导致她一连好几天都没吃“崇礼爱心餐”了，牺牲实在太大。

本来我每周的生活费差不多就够还了，可因为卢一荻刚做完手术，身体很不好，生活费就没让她代为保管，结果不出意外又被我搞丢了。说不是故意的都没人信，我也是服了自己。

所以我决定打短工赚点钱，这真是个英明的好主意。

学校附近新开了一家奶茶店，装修得挺文艺，每天放学后都有很多人排队，看起来生意很好的样子。

店门前贴着一张招工告示，上面详细写着录用要求，可以兼职，每天只需要两三个小时，薪水还日结，简直就是为我准备的。

记得小时候看偶像剧，最羡慕咖啡馆的服务员，觉得那是世界上最美好的工作——咖啡馆里充满了浓郁的香气，阳光从天窗洒进来，好心情充满了整个房间，亲自冲好一杯咖啡后走到帅帅的顾客面前，用糯糯的台湾腔温柔地说：“先森（先生），你的美式好了，请慢用。”“谢谢。”“不会。”

我甚至不止一次地幻想过大学毕业后开一家咖啡店，我、卢一荻、陶梦茹都是老板娘，每天就算不工作，也能一起喝杯咖啡，享受慵懒的下午茶时间。

和最好的朋友在一起做最喜欢的事，应该就是人生最大的幸福了吧。

所以，我决定就到这里打工了。站在奶茶店的落地窗前，我一边掰着手指、皱着眉头认真计算我得工作多少个小时才能赚到想要的钱，一边幻想着工作时可能遇到的事，情不自禁地笑了起来。

“喂，你傻乐什么呢？”一个扎着围裙、戴着头巾的大男生从店内推门走了出来。

男生很健硕，也很阳光，我抬头看了他一眼，愣住了，因为我仿佛看到了大一号的自己，只不过是男生版的，好奇妙的感觉。

他显然也有点惊讶，不过没我表现得那么直接。

“我在计算我要是在这里上班的话，可以赚多少钱啊。”

“你是猪吗？”他微笑，很温暖的感觉，“这么简单，还需要算？”

“当然要算咯，你看上面说了，如果不能按照要求完成工作，是要扣钱的。”我撇嘴，“哼，一看老板就是个大抠门精。”

“所以你担心……”

“对啊，我担心到这里上班是不是还要赔钱。”

“哈，有点意思。”那个大男生乐呵呵地走回店里，进门前说，“你被录用了。”

“喂！我还没报名呢。还有，请问你是老板吗？”

他根本没理睬，而是挥挥手：“就这样吧，明天来上班，我等你。”

“好吧，不过你还没告诉我你叫什么名字呢。”

他驻足，回头，缓缓地对我说：“我叫鹿安。”

13

鹿安——小鹿的鹿，安全的安。这是我们第一次相见，却仿佛前世已约定，终于在今生相会，从此无论天涯海角，都彼此牵连。

缘分，真的妙不可言。

回到彼时，我掩饰着内心的慌乱，嘴里轻轻念叨着他的名字，然后装作不经意地说：“哈，好奇怪的名字啊，不过挺好听的。”说完，赶紧蹦蹦跳跳地离开了。

14

从奶茶店离开后，我一直感觉怪怪的，有点紧张，有点害羞，还有点……兴奋，心跳也特别快。拿出镜子一照，脸颊泛红，好像发烧了一样。

这种感觉，前所未有。

我不知道自己究竟怎么了，但我知道问卢一荻肯定能获得答案。

于是，我立即给她打电话，电话通了后，我问她在干吗。

卢一荻不自然地回答："我在逛街呢。"

我脱口而出："你是不是又谈恋爱了？"

"你怎么知道的？"

"因为你现在的反应非常不正常好不好！"我叹了口气，"我怎么那么了解你？"

"其实也不算吧。"

"别解释，解释等于掩饰。"

"好吧，有什么事吗？"

"没事就不能找你吗？"我兴致颇高，丝毫没听出她话里的厌烦，"一荻啊，我告诉你哦……"

"我这边挺忙的，"卢一荻突然打断我，"要不等见面时再说吧。"

卢一荻刚说完，我就听到话筒里传来一个男生的问话："谁啊？"

我想当然地认为卢一荻会回答：我最好的朋友。说不定还会让我和那哥们说上两句话呢。没想到卢一荻只是淡淡地说："一个同学。"

我有点失落，只能悻悻地说："好吧，那先这样，拜拜了！"

挂了电话，我撇撇嘴，心想卢一荻总是这样，只要一恋爱就性情大变，全世界只剩爱情那点事，真受不了。

幸好我还有陶梦茹，我给梦茹发信息，她很快回复说自己正在江边放孔明灯。我让她等会儿我，然后立即打车赶了过去。

15

下车后，远远看到陶梦茹一个人坐在江边，眼神迷离地看着江水，江风吹乱了她的头发，竟有点遗世独立的感觉。

我突然有一种强烈的感受，就是我其实并不像自己以为的那样了解陶梦茹。

“梦茹，我来了。”我坐到她身边，和她背靠背，“怎么不提前叫上我？”

她永远那么温和：“看你最近挺忙的。”

“瞎忙呗，主要是卢一荻那边实在离不开我。不过，她现在好多了。”

“嗯，你辛苦了。”

“应该的嘛，谁让她是我最好的朋友呢？”我打哈哈，“对了，她竟然又谈恋爱了，真受不了。”

“好羡慕她啊，那么勇敢。”

“羡慕干吗啊，你也主动点呗，我觉得崇礼其实挺好接近的，根本不像传闻中那么高傲，你需要战胜自己的心魔。”

“我其实并不是不敢，”陶梦茹转头看着我，“我只是不愿意。”

“为什么呀？难道你不想做他的女朋友？”

“嗯，不想，因为不可能。”陶梦茹淡淡地说，“我们根本不是一个世界的人，就应该在自己的世界各自安好。”

“你不尝试怎么就知道没结果呢？”

“并不是所有事都要尝试才知道结果的，也不是所有事都非得有结果。”

“可是那得多难受啊！”

“慢慢习惯就好了。”陶梦茹站了起来，“七七，我们放灯吧。”

“好啊！”我边往灯上写字边问，“梦茹，你还记得我们第一次放灯是什么时候吗？”

“当然记得，九岁那年，小学三年级。”

“没错，那年你从外地转到我们学校，我俩一见面就成了特别要好的朋友，好像前世就认识一样，特投缘。”

“是这样的。和别人说很多话都不一定能懂对方，和你一个眼神就足够。”

“记得那时候我俩形影不离，什么东西都是平分的。有一次，我拿了一张五块钱的纸币到商店买了两袋薯片，花了四块钱，老板找给我一块钱硬币。当时我脑袋进水了，居然说这没法平均分，就把那一块钱扔还给了老板。我到现在都记得老板看我的眼神，好像看到了神经病，哈哈。”

“我也记得，永远都忘不了。”陶梦茹深情地看着我，缓缓地说，“就像忘不了你总是照顾我，不让别人欺负我，哪怕明明我比你大半岁，其实应该我照顾你才是啊！”

“你有照顾我啊！我神经大条，什么东西总是忘记，还好有你帮我记住。一起上街，你总是帮我看路，提醒我车多。和你在一起，我闭着眼睛都敢过马路，因为我绝对信任你。还有关于我的方向感，哈哈，如果身边没有你，我肯定走丢超过一百次。”

陶梦茹的眼睛湿润了：“七七，其实我一直都很羡慕你。”

“我也羡慕你啊，别看我平时咋咋呼呼的，其实胆子特别小，看到老鼠都能吓个半死，你就不怕，你还敢抓老鼠呢。还有，你很懂事，我很任性；你会做饭，我不会；你会做家务，我也不会。我爸以前老让我向你学习，还说我不如你。可是我一点都不生气，因为是你，换作别人，我非骂死他不可。”

“我们总是觊觎别人的生活，却逃不出自己的人生。”陶梦茹说出这句我根本听不懂的话后，拉起我的手，认真地对我说，“不管如何，七七，我真的很感谢你，如果不是你，我平淡的生活肯定会更加暗淡无光。你知道吗？有时我会想，如果后来卢一荻没有出现，我们的感情会不会更好，是不是会有更多美好的回忆。”

“哎呀，不会啦，又不矛盾的。再说了，你们现在不也是好朋友吗？三个人一起更热闹。”我有点尴尬，我承认相比她的内敛安静，卢一荻更容易吸引我的注意力。

“嗯，卢一荻挺不容易的，你要多关心她。”

“会的啦，你们对我一样重要。”

孔明灯很快飞到了天空，我闭眼许愿：老天保佑，希望我、卢一荻、陶梦茹一辈子都是好朋友。

我问陶梦茹许什么愿了，不等她回答，我就说：“你不讲我也知道，你肯定是为崇礼祈福。”

陶梦茹点点头：“还有你，我希望你也要幸福。”

我也点头：“我会的，我们都要幸福。快看快看！我们的灯今天飞得好高啊，一定是老天接受了我们的愿望。”

16

在奶茶店打工的第一天，至少有十个人问我是不是老板鹿安的亲妹妹。

不管我怎么解释都没用，一个个啧啧称奇：“真像，简直是一个模子里刻出来的。”

就连鹿安也逗我：“七七，你妈年轻的时候是不是去过我家乡？”

我还傻乎乎地问："你家在哪里？我问问我妈去。"

过了好一会儿，我才反应过来："真讨厌，不理你了。"

鹿安更开心了："开玩笑嘛。不过咱俩长得这么像，真的有缘。"

我没好气地回答："世界那么大，人那么多，而且都是一双眼睛、一张嘴，长得像点有什么大惊小怪的。"

"那这个呢？"鹿安突然伸出右胳膊，手腕处有三颗痣。

"天哪！"我尖叫了起来，"怎么会这样！"

我也伸出右胳膊，同样的位置，同样大小的三颗痣。

鹿安笑道："我看到的时候也大吃一惊，这事没法解释。"

"好啊，你偷看我。"

"我是老板，观察你工作认真不认真，很合理。"

"好吧。"我心慌不已，"不和你聊了，免得被扣钱。"

"没事，不算你违反规定，我特赦。"他兴致颇高，"对了，看过《大话西游》吗？"

"没看过，那么老的片子谁要看。"

"也是，你比我小不少呢，我可以当你哥哥——不，叔叔了。来，快叫叔叔。"

"你这人怎么这么讨厌啊！再这样我不上班了。"我把脸转了过去，不知道为什么，只要看着鹿安就会紧张，心跳加速。

"哈哈，急啦！"他边说边惬意地转身离开，"得嘞，你好好干活，我去打游戏咯。"

"快走吧，烦死人了。"

那是我第一次和鹿安说那么多话，他留给我的印象真心不算好。可如果时光能够倒流，我一定不会那么快就让他走。哪怕我们之间总是废话连篇，也要照单全收。

17

第二天上班时，鹿安一直都不在。我给他发信息问他什么时候来，他回复：不来了，在医院。

我赶紧问："你怎么了？为什么去医院？不舒服吗？"

过了很久他才回了个笑脸，也不知道什么意思。

我孤零零地站在柜台前，心里担心的竟然不是今天的工钱拿不到了，而是鹿安究竟有没有事，并且开始脑补各种画面，比如他出门被车撞了，走在路上掉下水道里了，天上突然掉了块石头砸他脑袋上了，然后他浑身是血，特别凄惨。

就在我胡思乱想之际，一个高高的男孩走了进来，因为我的大脑完全不在线，所以竟然没看清楚他的脸。

"一杯奶茶，不要奶，不要糖，不要珍珠。"男孩的声音挺好听，还有点耳熟。

我心里冷笑：有毛病，不如喝水得了。

不过嘴里还是温顺且机械地说："好的，请稍候。"

"璐宛溪！"男孩突然叫我的名字。

"啊！"我回过神来，这才发现竟然是崇礼。

他怎么来了？

崇礼还是一如既往那副要死不死的表情，好像全世界都欠他一百万。

是不是优秀的人总是这样去面对世界？

我一边给他做奶茶，一边没话找话地对他说："没想到你竟然喜欢喝奶茶。"

"我可不是来喝奶茶的。"崇礼看着我，"上次你的话没说完。"

"对对对，后来有紧急事要处理就给忘啦！"

“现在你可以继续说了。”

“不，现在不能说。”

“为什么？”

“因为有效期过了啊。”

“有效期？真有意思，我看是你害怕，不敢面对了吧。”

“不不不，真的不是你以为的那样。至于过去的事，我向你道歉。”

“不需要，你并没有做错。坦白说，如果你不那样主动，我还不知道心里的答案呢。”

“什么答案？拜托，你能不能一次性把话说完？”

“可以——璐宛溪，我喜欢你。”

什么鬼！我实在太震惊了，握着奶茶杯的手情不自禁地一晃，奶茶洒了他一身。

“对不起，对不起。”我手忙脚乱地给他擦。

“璐宛溪，我喜欢你。”他毫不在意，又认真地说了一遍。

“搞什么啊？你了解我吗？快别胡说八道了。”

“璐宛溪，外号‘七七’，射手座，B型血。最喜欢吃剁椒鱼头，最讨厌七星瓢虫，最爱看的电影是《冰雪奇缘》，最想去的地方是台湾花莲，最喜欢的作家叫一草，最爱看他的《那时年少》。”

我惊愕道：“你怎么知道的？”

“喜欢一个人就想了解她的全部。”崇礼很认真地回答，“其实我注意你好多年了，初中时咱俩就是一所学校的，那时我就对你有好感了，因为我的数学是年级第一，而你的语文是年级第一，我潜意识里觉得我们是一个世界的。”

我脑子飞转，却怎么也想不出初中时有过这么帅气的同学，可看他的样子又实在不像在扯谎，无奈只能继续听他表白。

“不光如此，你还是校旗手，每周一的升旗仪式是我最开心的时候，因为可以正大光明地看你。你升旗的时候特别认真投入，表情无比美好，让人很是心动，好多男生都边看边议论你。”

“议论我什么？”

“说你是我们的启蒙担当。”

“不明白。”

“就是每周看一次你，看着你一点一点变得越来越成熟，越来越……”

“闭嘴！”我尖叫，“快别说了，你们男生怎么这么污啊！”

“我还没说完呢。虽然我对你有了好感，可是理性告诉我，上学时绝对不可以动感情，否则后患无穷，所以我一直都压抑着。本来我打算就这么下去，不说也不让你知道，有时候遗憾也是一种美。加上后来听说你会去澳大利亚读书，我以为我们之间的缘分就到此为止了，却怎么也没想到你竟然放弃了出国，又出现在我身边。这让我特别高兴，我告诉自己这一定是上天的安排，我们之间一定会发生些什么。果然前几天你突然三番五次地当着全校同学的面对我围追堵截，所有男生都说你喜欢我，想倒追我。这让我再也无法逃避，我终于确定我心里从来就没有放下过你，所以现在我决定面对这份来之不易的感情。”

我简直要崩溃了，说来说去，怪我咯！

“我希望你能接受我，做我的女朋友，我们可以强强联手，珠联璧合，好不好？”

“不好，你以为升级打怪啊！”我的脸色一定难看极了，“你赶紧走，否则别怪我对你不客气。”

“你已经对我不客气了。”崇礼挑挑眉毛，“我知道你一时半会儿很难接受这么多信息，没关系，我会给你时间慢慢消化，我也一定会等到那一天的。”

我做出一个送客的手势："慢走，不送。"

崇礼无可奈何地耸耸肩："好吧，那我先走了。"

"回来。"我突然想起什么，赶紧叫住他，"你等会儿再走。"

"没问题。"他听话地留步。

我赶紧掏出手机给陶梦茹发信息，让她以最快的速度赶过来，立即，马上，一秒钟都不要耽误。

陶梦茹很快回信息：好的。

接着，我清了清嗓子，对崇礼说："今天你说的话呢，我就当开玩笑，不会和你计较的。现在你待在这里，什么都不要说，也什么都不要问，等会儿我给你介绍一个人，听到没？"

崇礼点点头："就是你说喜欢我的那个人？"

"算你聪明，我告诉你，她是我最好的朋友，你对她温柔点。"

"我能不见吗？"

"不能。"

"那好吧，我听你的就是。"崇礼说完，老实地坐到一边，开始玩手机。

我走到门口，踮着脚翘首以盼，不停地给陶梦茹发消息问她到哪里了。

我其实也不知道这样做到底合不合适，可是我不想错过机会，虽然我并不确定这到底是不是机会。

谢天谢地，陶梦茹很快气喘吁吁地赶了过来，一见面就问我有什么急事。

我说："请你喝奶茶呀，顺便给你介绍个人。"然后紧紧挽着她进门。

"好啊，你的手艺肯定越来越棒了。"毫无防备的陶梦茹有说有笑地跟着我往里走，可是一只脚刚迈进去，突然转身就走。

她是如此决绝，以至于我根本拉不住，只能眼睁睁地看着她离开。

"梦茹，梦茹……唉！"我转身看崇礼，他竟然还在玩手机，从头到尾眼睛抬都没抬一下。

“快别玩了！”我气呼呼地走过去，一把夺过他的手机扔到桌子上，“好了，现在你可以滚了。”

崇礼委屈地看着我：“你不是要给我介绍一个人吗？”

“已经走了，你真讨厌，差一点就能看到了。”

崇礼突然笑了：“根本就没这个人对不对？”

“有病啊你，懒得和你说。”

崇礼开心极了：“我喜欢的女孩，果然与众不同。”说完，他神清气爽地往外走。

刚到门口时，鹿安突然回来了，两人互瞄了一眼，擦肩而过。

鹿安看上去很疲惫，不过还是警惕地问：“这人谁啊，怎么那么多话？”

“我同学，过来买奶茶的，就瞎聊了几句。”我赶紧搪塞过去，“你不是说不来了吗？”

鹿安从钱包里拿出五十块钱递给我：“说好日结的，不想让你失望。”

“谢谢啊！”我收好钱，“对了，你干吗去医院？”

“一个朋友被打伤了，我去看看。”

“哦，现在怎么样了？”只要不是鹿安出事，我就放心了。

“没事，断了几根骨头，输了一千多毫升血，现在还昏迷着，不过没生命危险了。”

我吐了吐舌头，心想就这还没事，那有事得是什么样啊。

其实我还有好多疑问，都是关于鹿安的，可一时都说不出口，就傻傻地看着他。

鹿安突然伸手在我头上摸了摸，对我微微一笑：“你在想什么？”

我一激灵：“没什么，我先下班了。”说完赶紧收拾好东西，落荒而逃。

18

那天晚自习结束后，陶梦茹照例拉着我到崇礼的教室，送上她新叠的桃心。

回去的路上，我急了："真搞不懂你，明明有机会当面聊，却没有勇气面对。"

她答非所问："崇礼喜欢的人是你。"

我慌乱了，一下子不知道该如何回答："我……他……你……哎呀，真的不是你以为的那样。"

陶梦茹看着我，微笑地说："七七，我知道，你不要多想。"

"你知道什么啊，你什么都不知道。"我快哭出来了，"是你不要多想才对。"

"我没有多想啊，我觉得这样挺好。"

"挺好？"我简直要抓狂，"你确定知道自己在说什么吗？"

"嗯，真的挺好。我喜欢的他喜欢我最好的朋友，这样我就可以无限接近他，却永远不需要出现。"

"这也可以？我真的越来越搞不懂你了。"

陶梦茹继续答非所问："七七，你一定要答应我，好吗？"

"答应你什么？"

陶梦茹一字一字地说："不要拒绝他。"

我急了："梦茹你说什么呢？怎么可能？"

"我不会介意，真的。"

"我会介意，这……这完全是瞎胡闹嘛！"

"所以，真心拜托了。"陶梦茹几乎是在哀求我了，"七七，你是我最好的朋友，从小到大，你一直帮助我、保护我，你也是我最大的依靠，而现在就是我最需要依靠你的时候。我从来没有奢望过可以如此接近他，听他说话，看他微笑，呼吸他身上的味道，正大光明却又不心惊胆战地出现在他的世界里，我甚至以为永远都不会有这样的机会，那样我也只能遗憾地面对和接受。可是现在机会来了，而且是最好的机会，只需要你点头，哪怕你只是假装点头就可以做到，我不想失去这个机会。亲爱的七七，我从来没有求过你什么，可现在，我用尽全力求你，求你接受崇礼，就当是帮帮我，好吗？”

19

从小到大我最讨厌选择，更不愿将就，我也不是个不懂得拒绝别人的人，可这一次，真的让我很为难。

尽管我心中一万个不愿意，我还是答应了陶梦茹。

拒绝的理由千千万，答应的理由却只有一个：她是我的好朋友，如果在朋友最需要的时候没有担当，那就愧对“友情”二字。

她们的痛也是我的痛，她们的苦也是我的苦，她们的劫难就是我的劫难。

为了朋友，我愿意承受所有的错误。

哪怕，从一开始就知道那是个错误。

因此，从某种意义上来说，我、陶梦茹，还有卢一荻，其实并没有什么不一样。

都是天真的、愚蠢的、纯洁的、复杂的、聪明的、自以为是的、无可救药的。

20

我答应陶梦茹的事当然没敢告诉卢一荻，她知道了肯定会取笑我脑子有病。

说起来，我已经有阵子没和卢一荻好好玩了，总感觉她自从做完手术后就变了个人，就算聊天的时候也常常走神。还有，她的眼睛永远红红的，我问她是不是哭了，她还狡辩，说是发炎了。

有几次，我故意和她谈及余阮，她的情绪一下子就变得很不正常，所以她忘了余阮才怪。可是既然她还没有忘，为什么那么快又要开始一段新恋情呢？难道只是简单地因为缺爱吗？

卢一荻的新男友我倒是见过一回，那次因为卢一荻心情不好，突然说想唱歌，没人陪了，就让我和她一起去。结果我们刚唱了没两首，她男朋友就气喘吁吁地赶过来了，汗都来不及擦就不停道歉，说有事实在走不开，但想来想去还是觉得陪卢一荻最重要，说得好像真的犯了多大错一样。

“璐宛溪，我同学。甄帅，我男朋友。”卢一荻一边随意地给我们介绍，一边拉着脸埋怨，“你来也不提前告诉我一声，讨厌！”

“这不想给你惊喜吗？”这个明明长得不是特别帅却“大言不惭”地叫甄帅的人不停地点头哈腰赔着笑，看得出来他对卢一荻有多在乎。

“甄帅，你好。”我大大方方地向他问好。卢一荻虽然谈过很多男朋友，但正经八百地给我介绍还是头一回呢，我其实也挺激动的。

“你好，你好。”甄帅的眼光终于离开了卢一荻，估计他这才意识到房间里还有个人吧，真是够专情的。不过，我能感觉到他看到我时明显地愣了一下。

“美女，我们是不是在哪里见过？”

“没有吧。”我的大脑飞速地转着，确定从没见过这个人。

甄帅没再问什么。接下去的气氛有点尴尬，卢一荻显然不习惯好朋友和男朋友同时在场，唱歌也不专注了，还不停地挑甄帅的毛病，完全无理取闹的那种，过分到我都听不下去了。可是甄帅完全不以为意，从头到尾都面带微笑、点头哈腰、甘之如饴。

我心想：难道这就是谈恋爱吗？谈恋爱不应该是互相欣赏、彼此关怀的吗？

卢一荻上洗手间的时候，甄帅好像解释一样故意对我说："一荻平时可不这样，今天真是我不对，我就不该说没空，让她不开心。"

我笑笑，也不知道能说什么。

甄帅突然又说："你和一荻是同学，以后你多照顾照顾她。"

我点头，很认真地对他说："我一直都很照顾一荻，我不仅是一荻的同学，还是她最好的朋友，我们从小一起玩到大的。"

"是吗？一荻怎么从来没和我说过。"甄帅一脸蒙，突然双眼放光说，"那简直太好了。"

轮到我蒙了，我问："什么太好了？"

甄帅答非所问："你有男朋友没？"

"干吗？"我立即警惕地看着他，这个人怎么这么无厘头。

"如果你还没有男朋友，那真是太好了，我有一个大哥，他也没有女朋友，我感觉你们特别合适。"甄帅越说越兴奋，"你说你是一荻最好的朋友，我大哥是我最好的兄弟，要是你能做我大哥的女朋友，那么我们四个人就亲上加亲，以后可以一起玩了，是不是很好啊！"

我去，这都什么人，有这样说话的吗，是不是缺心眼啊？我突然觉得他被卢一荻收拾一万遍都不为过。

"甄帅，你和我同学聊什么呢？"这时，卢一荻回来了，阴着脸诘问，"聊得还挺热火朝天的。"

不等甄帅回答，我赶紧起身说："没什么，我还有点事，先走了。"

卢一荻也没挽留，就说自己还想唱会儿，等回头再联系我。

倒是甄帅起身说要送我下楼。

我赶紧拒绝，甄帅依然热情要送，直到卢一荻对他直瞪眼才作罢。

回去的路上，我心想卢一荻的男朋友怎么一个个都那么奇葩，要么就是无情无义，要么就是热情过度，要是能中和一下就好了。

而要是谈恋爱就是这样冷热不分，反复无常，那还真是不谈也罢。

21

接下去的几天，我一直勤勤恳恳地在鹿安的奶茶店打工，很快就赚够了要还梦茹的钱。鹿安还多给了我两百块，说是我的优异表现奖。

我把钱统统给了陶梦茹，她说什么都不肯要，最后还是我威胁："如果你不要的话，从明天开始，我就不搭理崇礼了。"

陶梦茹果然慌了："不行，你答应过我的。"

"哈哈，我出尔反尔还不行吗？放心，我可是不会有任何良心上的不安的。"我把钱塞到陶梦茹的口袋里，"听话，乖！"

"好吧，谢谢。"陶梦茹不情不愿地收下钱，"回头我请你们吃饭吧。"

"行啊，不过你还是先把这些天落下的'崇礼爱心餐'补齐吧——说起来也怪，这几天他都没有找我呢。"

"快考试了，他事情比较多吧。"

"也是，他是学霸，肯定要认真复习。"我满意地看着陶梦茹，"还是我这样最好，没什么压力。"

"嗯，放心吧，他一定会找你的。"

"喂，什么叫我放心，该放心的人是你好不好。"我搂住陶梦茹，边往前走边说，“我答应你的肯定会做到，只要崇礼来找我，我肯定不凶他，肯定不会让他不高兴，然后再将他说的话原封不动地告诉你，让你也高兴。”

陶梦茹点头道：“七七，谢谢你，真希望那一天早点到来。”

我嘴上虽然没说什么，心中却想：千万别，真希望那一天永远都别到来。

想完又后悔了，那样陶梦茹该伤心了，那最好一个月来一次，一次就一小会儿，这样什么也不耽误。

22

既然钱赚够了，打工也就没什么必要了，我来到奶茶店，准备向鹿安告别。

不知道为什么，我突然很感伤。一路上，我做了很多心理建设，甚至连台词都背得滚瓜烂熟。

可是见到鹿安的那一瞬间，我什么都说不出口了。我乖乖地穿上工作服，然后走到柜台前开始做奶茶。

因为心事重重，简单的几道工序总出错，还打碎了一只玻璃杯。

鹿安从电脑前抬起头问我怎么了。

我看着他，眼眶突然一热，脱口而出：“是不是等你找到合适的人，就不需要我来上班了？”

鹿安更加蒙圈了，问我为什么突然这么说。

我几乎要哭出来了，我说我在这里上班一周多了，可是你外面的招聘启事还贴着，显然是对我不满意；你对我不满意，可以直接说嘛，不要暗示我，如果觉得我做得不够好，我不会强人所难的。

天哪！我怎么会口是心非地说出如此矫情的话？这明明不是我想说的好

不好？可是竟然那么流畅、那么理直气壮地说了出来，甚至连眼泪都快出来了，我这是怎么了？

“你是猪吗？”鹿安简直乐不可支，“我店都交给你了，你要是看不顺眼，就把那个撕了不就完了。”

我转过身去，没好气地说：“我才不撕呢，我可不想耽误你继续找人。”

“行行行，你不撕，我撕。”鹿安说完，走到外面一把把招贴扯了下来，揉成团扔到了垃圾桶里，然后对我说，“乖七七，这下好了吧？”

“可我还在上学，每天就只能来这么一会儿，也帮不上你什么忙。”这倒是我的真心话。

“嘿，我开这店压根没指望赚钱。”鹿安说着，四仰八叉地躺在沙发上，“你看我都没放心上，你千万不要有压力。”

“你不为了赚钱，那为了什么？也没看你免费送奶茶呀！”

“不是那意思，我其实就是不想闲着。”鹿安边说边心满意足地打量着他的店铺，“再说了，通过这还能认识很多新朋友，比如七七你，赚钱和这些比起来，根本不值一提。”

鹿安说这些话时虽然漫不经心，但真的特别有魄力，也特别有魅力。我知道他所言非虚，因为就我工作的这一周多来看，他确实无心经营，动不动就闭门谢客。还有他店里的装修特别高档，据说花了好几十万，光一套净水设备就五万多，其他原料也都用的是最好的，售价还一点都不高，几乎是平本销售。

我被他说得暖暖的，情不自禁地问：“那你到底靠什么赚钱啊？还有，你怎么总是一个人，难道你没家人和朋友吗？”

“谁说我没有？”鹿安眉毛一挑，“我有很多朋友，很多很多。”

“那他们人呢，为什么从来没看见过？”

鹿安没回答。

“你们吵架啦？”

鹿安摇摇头：“不是说是朋友就非得在一起，也不是在一起才是朋友。”

我轻叹了口气：“好吧，其实我也不知道为什么要问这些，我只是觉得一点都不了解你，觉得你很神秘。”

鹿安坐了起来，看着我说：“我一点都不神秘，你觉得我是谁，我就是谁。”

“我觉得你是一个有故事的人。”

“每个人都有故事。”

“谁说的，我就没故事。”我突然有点伤感，“好了，不和你说了，我干活了。”

鹿安小心翼翼地问：“那你……还打算走吗？”

“我为什么要走，哼！这里这么舒服，我还没待够呢，你休想赶我走，绝对没门。”

23

接下去的日子对我来说是全新的，因为卢一荻恋爱后变得越来越忙，几乎不再需要我的陪伴；也因为崇礼要参加一项全国性的计算机编程大赛，每天忙着练习，根本无暇找我；更因为陶梦茹突然生病了，请了一个月的病假说要回老家休养，我的生活突然安静起来。我又是个闲不住的人，所以几乎把所有课外时间和精力都放到了鹿安的奶茶店上。

事实上，我简直越来越喜欢那儿了，因为参与了、投入了，所以有了感情，即使不上班，只要一有空，我就会过去。帮他做做卫生，打打下手，给绿植浇浇水，甚至送送外卖，实在没事就和他瞎贫，或者一起打会儿《英雄联盟》，总之不管做什么，都感觉很好。

把我当成鹿安妹妹的人越来越少，管我叫老板娘的人却越来越多，一开始我还会逐一解释，到后来干脆无视，反正叫叫也不会让我少块肉。

最高兴的人自然就是鹿安了，有人免费给他干活，他得多乐和啊。一开始他还总虚伪地说："七七啊，你待着就好，活就不要干了，千万别累着。"到后来，他干脆躺在店后面的院子里，跷着腿、抽着烟对我发布号令："那个谁，对，七七，赶紧帮我泡杯茶，然后去买份盖饭，回锅肉的，麻溜点。"

而我虽然每次嘴上都会抱怨，脚下却比谁都快。

不过几乎每次我都会买错盖饭，然后看着他边狼吞虎咽边骂我："这都记不住，你是猪吗？"

我嗔怒："哼！有的吃你还挑肥拣瘦，下次不给你买了。"

他立即求饶："乖七七，好七七，我错了，你买的盖饭是全天下最好吃的盖饭，我怎么吃也吃不够！"

哈哈，这还差不多。

我真的很喜欢这种感觉，自由、随心，还带着一点小诱惑的成人生活。

24

而和鹿安在一起的时间越长，就会有越多的新发现，这些发现充满了无法言说的乐趣和美好。

比如我原来一直觉得鹿安身上有着和他的年龄不相称的成熟，这其实也是我挺愿意和他接触的原因之一，因为能学到一些为人处世的方法。可熟识后才意识到，再成熟的男生也有幼稚的一面。

鹿安酷爱健身，有着一副堪称完美的好身材。有一次，他特自豪地说自己八块腹肌都练出来了，我还嘲笑说他那么瘦，根本不可能有肌肉。他不服，问我敢不敢看，我说你敢脱我就敢看，谁怕谁啊。于是他一把将上衣扯掉，结果真的露出了一身肌肉，线条特漂亮，尤其是腰，那一瞬间，我仿佛立即明白了什么叫“公狗腰”。我用手指头数着他的腹肌：一、二、三、四……还真的是八块，一块都不少。鹿安得意地看着我，气得我用指甲狠狠地对着他的腰部一戳，他疼得“哇哇”叫，然后我笑着拍手说：“你看，一块都没有了，还八块腹肌呢，就知道吹牛。”气得他对我直瞪眼。

为了能随时随地健身，鹿安在他的小院里摆满了各种器材，种类之全堪比健身房。我没事的时候经常看鹿安穿着性感的健身服练力量，浑身汗津津的鹿安非常man（有男人味），空气中都弥漫着他散发的荷尔蒙味道。更诱惑的是，他练力量时会从嗓子里发出闷闷的叫喊声，而且随着力量的加重，叫声越来越大，表情更是说不清楚是痛苦还是享受，每次都看得我心跳加速，觉得受不了。

有一次，我实在没忍住，问他：“哎！你为什么要喊呢？”

“没有啊！”鹿安一边回答一边推杠铃，发力时又情不自禁地喊了一句，“啊……”

“你看你又喊了，而且喊得特别那个……”我故意表情夸张，好像很不屑。

“是吗？我都意识不到！”鹿安很认真地说，“可是我为什么要喊呢？”

“我哪知道，可能你觉得这样很爽，很有成就感吧。”

“应该不是。”

“那就是你不喊就没力气了。”

“这有可能，要不试试？”

“算了吧，好无聊的。”

“没事，闲着也是闲着，说不定不喊力量还变得更大了呢，因为声音很有可能带走了我体内的一部分能量。”鹿安突然像个孩子一样兴奋起来，“七七，我跟你说啊，虽然你很笨，但有些问题只有笨人才能看出来。这就叫‘当局者迷，旁观者清’，你看我就从来没想过这个问题，我觉得很有意义。”

“是很幼稚好不好？”看着他喋喋不休的样子，我才懒得干涉他，坐到一边嗑瓜子去了。

鹿安兴奋地走到器械前，勒紧练功带，然后弯腰发力开始举杠铃，脸憋得通红也硬扛着不出声。杠铃很快离地，他浑身急剧颤抖着，脖颈上的青筋暴露，还死憋着不出声，最后腰一挺，猛一发力——杠铃没上去，腰却给闪了。

鹿安同学足足卧床了一周才能下地。

我以为他肯定会埋怨我，结果他还特认真地对我说：“实验证明，不喊出来力量的确会消失，七七，你是对的。”

我嗔怪：“那你就喊啊，现在可好，半身不遂了。”

“等我腰好了还要实验下，看是不是喊得越大声，力量就会越大。”

我气得不理他了——鹿安，你可真够幼稚的。

25

幼稚的鹿安更多的时候表现出来的是可爱。

他超级喜欢看漫威英雄系列电影，最支持钢铁侠，家里收藏了大大小小几十个钢铁侠模型，最大的比真人还大，眼睛能发光，特帅。我在海淘网上查过，美国进口，打完折还要两万多，他可真够土豪的。我说你这么多钱买什么不好买个玩具回来，结果鹿安淡淡地说他喜欢就好，其他都不重要。

鹿安是真的特别喜欢钢铁侠，只要有钢铁侠的电影上映，哪怕钢铁侠不是主角，他也会提前三天就精神亢奋，做什么都没心思，就眼巴巴地等着看首映场。记得最新的一部电影《美国队长3》上映时，他一天内连续刷了三遍，结果回来后整个人都不好了，我赶紧问他怎么了，他特委屈地说："不带这样欺负人的。"我吓了一跳，印象中还没见过鹿安这么尿，赶紧追问。结果他的回答让我哑然失笑，原来他觉得《美队3》里的钢铁侠被欺负了，美国队长和自己的好朋友冬兵联手将钢铁侠痛揍了一顿。鹿安觉得不公平，特憋屈，又无能为力。

"都是好朋友，为什么美队要偏袒另一个？"

"哎呀，电影嘛，要不要那么较真？"我安慰他。

"真的气死我了！"他咬牙切齿，感觉眼圈都红了。

"好啦，快别生气了，气坏了电影院可不赔你钱。"我看他动真情了，赶紧转移话题，"我真的很奇怪，漫威里有那么多牛人，你为什么就独爱钢铁侠？"

"因为他很强啊，而且是后天可实现的强大，和其他天赋异禀的大牛都不一样。"鹿安说完，又认真补充，"还有，他很可怜。"

"切！钢铁侠富可敌国，骄纵跋扈，集万千宠爱于一身，怎么会可怜？"

"你不懂的，那些其实都是脆弱的表现，他的内心很孤独，因为童年的伤口永远无法愈合，所以才会特立独行，做出那么多有悖世俗的事。"

"那你能懂？"

"我懂。"鹿安点点头。

"你为什么会懂呢？"

"我就是懂，没有为什么。"鹿安突然眼前一亮，说，"七七，要不你也学习写作吧，将来当个大编剧，将钢铁侠再写赢回来，好不好？”

鹿安说这话时表情真挚，眼神又无助又充满期待，特别可爱。

我没说话，心中却答应了他。

我从来不知道我的理想是什么，可那一瞬间，我突然知道了我想要成为什么人。

后来，我看《我的少女时代》，看得泪流满面。林真心说每个人都会因为一个人的存在而闪闪发亮。我想鹿安就是那个让我发亮的人，因为他的存在，我变得更热爱生活，更相信自己，也更期待未来。

26

除了幼稚和可爱，鹿安还极富爱心，这也是之前他身上我没有发现的秉性。

他的小院里一直有很多流浪猫，因为我特别不喜欢猫，所以始终没在意，以为这些猫只有饿了才会过来觅食，后来才发现鹿安每天会定时给这些流浪猫准备好吃好喝的，算是半收养了。这些流浪猫警惕性很强，但对鹿安特别信任，只要他一吹哨子，就立即从角落里蹿出来，在他脚前绕来绕去讨好地“喵喵”叫，哪怕他健身时发出很大的声响都不怕，甚至还会集体蹲着看。可只要我一到院子里，流浪猫就会立即躲开，特气人。有一次，我故意躲在门口观察，发现鹿安竟然会和这些猫说话，表情不要太温柔，简直对我都没那么温柔过。更可恶的是，其中有一只花尾巴的小母猫总是跳到鹿安怀里，然后用脖子可劲蹭，边蹭边发出贱兮兮的叫声，明明那么脏，鹿安还满脸享受。

我气鼓鼓地冲到院子里，故意加重脚步声，流浪猫立即四处逃窜，那只小母猫也从鹿安怀里直接蹦了出去。

“怎么这么大火气？”鹿安一脸蒙地问，“谁又得罪大小姐你了？”

我有气却说不出来，总不能说我在和猫怄气吧。可是不发泄下又不解气，于是把猫食盆统统收了起来。

鹿安乐得哈哈笑，摸着我的头发说：“能有点气量不？好好的人和猫较什么劲！”

我触电般地跳开：“别碰我，你手上全是细菌！”

鹿安也不反驳，自言自语地说：“你不觉得它们很可爱吗？”

“我看是可怜没人爱吧。”

“不，可爱。”鹿安脸上浮现出若有所思的表情，“如果因为可怜才对它们好，那就是同情，同情无意义。如果因为可爱，就是欣赏，欣赏很重要。”

“我能表示我听不懂吗？”

“没关系，总有一天你会懂的。”

“好吧，既然你那么喜欢猫，干脆把它们都收养了得了。”

“那就没必要了。每个生命都有自己的路，可以介入，但不能强求，更不能改变。”

“莫名其妙，越说我越听不懂。”我撇嘴，“反正以后你不准这么抱这些流浪猫了，万一被咬就麻烦了，要打狂犬疫苗的。”

我以为鹿安肯定不会听，没想到他笑了笑，点头道：“行，听你的。”

我这才心满意足：“这还差不多。”

看来，在他心中，我比猫重要。

27

以上都是我在鹿安身上发现的一些美好。当然咯，我们在一起时也不全是快乐，我们也会斗嘴，甚至会吵得不可开交。

而那往往发生在打游戏的时候。

《英雄联盟》是我俩共同的最爱，没事时我们经常联手玩上两把。鹿安的水平很高，我也不弱，大多数时候我们配合得非常好，胜率特高，但偶尔意见有分歧的时候，我们往往谁也不听谁的，矛盾就产生了。

有一次，玩着玩着，鹿安突然把耳麦往桌上一拍，气呼呼地说："不玩了，没劲！"

"怎么就没劲了，你打不好赖别人？"我也急了。

"谁打不好了？听我的刚才中路推上去，我们就赢了。"

"你拉倒吧，你没看AD（物理攻击的英雄）死了上路塔都没了？要是听你的，早就全军覆没了。"

"现在不也团灭了吗？你听我的说不定我们还能推了水晶，现在死得太憋屈。"

"你那叫白送人头，就算赢了也没意思。"

"明明是你保守好不好？你就从来不相信我。"

"那你相信过我吗？讨厌！"

就这样，我们谁也不理谁，鹿安坐到一边抽闷烟，我刚拎起包要走，他立即把我叫住了。

鹿安说："我不服，再来。"

"不行，不和你玩了。"

鹿安的眼神开始柔软了，语气也变成了哀求："就一局。"

"半局都不玩，小气鬼！"

"好七七，别生气了，是我错了还不行嘛。"

"好吧，就再给你一次机会。"我斜着眼看他，轻咬嘴唇，"那你得听我的，我让你干吗你就干吗。"

鹿安眉毛一提："哎哟！"

我叫道："又急了，爱玩不玩！"

"好吧好吧，真是怕了你。"鹿安无可奈何地重新戴上耳麦，新开了一局，然后眼巴巴地看着我，等候命令。

"看什么看？我要蓝buff（自己或者友方英雄身上的增益性魔法效果），你快点。"

"得令！"鹿安立即乖乖地把野怪打残血，然后等我去补刀，蓝buff、红buff、石头人，很快所有野怪都被我纳入囊中。

看着已经残血的鹿安，我不禁笑出了声。鹿安赶紧讨好地说："七七，你发育得已经可以中单超神了，我们赶紧去奋战杀敌吧，杀他个片甲不留，哈哈哈，爽死了。"

结果我白了他一眼，没好气地说："要爽也是我爽，你留着守家再收收小兵，杀敌这种大事就留给我中单大神好了。"

"我×！我×！"鹿安急得快吐血了。

"干吗？又不听话了？你再急我就下了。"

"唉！好嘞，我这就杀小兵去。"

我看着鹿安一副想杀死我却又无可奈何的臭表情，心里简直美得不要不要的。

28

日子就在我们的打打闹闹中飞逝，明明过去了好多天，却丝毫感受不到时间的痕迹。

一天快收工时，鹿安突然不经意地说："这周六我想去省城买两只猫，你陪我去吧。"

我想也没想："不去，我又不喜欢猫，你知道的。"

他反问：“那你喜欢什么？”

我随口说：“喜欢狗。”

结果他说：“好，那我去买只二哈（哈士奇），你可以陪我去了吧？”

我吐舌头：“我能说其实我也不喜欢狗吗？”

他沉脸：“不能。”

我叹气：“你都这么大的人了，怎么还跟孩子一样！”

结果他还真露出了孩子般的微笑：“这么说，你答应了？”

我觉得我和他都这么熟了，如果再拒绝就太矫情了，于是点了点头：“不过我有个条件，那就是晚上必须回来，否则我爸会担心，你知道我是走读的。”

“那肯定的。”

“可是……”

鹿安叫了起来：“你还有什么问题，一气说完，我心脏受不了。”

我叹气：“好吧，没问题了，不过就这一次哦。”

29

周六早上，我骗爸爸说学校要补课，然后跟着鹿安坐车前往省城。

这是我人生中第一次和男生单独外出，觉得好不真实。

高速路上，我问他：“你怎么不自己开车？”

他回答：“摩托走高速还是会有危险的，要是我一个人就无所谓了。”

听得我暖暖的，我开玩笑：“那你不会把我卖了吧？”

鹿安摇头：“当然不会。”

“你确定？”

“确定。”说完，他认真地补充，“因为你不值钱，卖不上价。”

“哼！你好讨厌哦。”

“本来就是，你那么蠢，笨手笨脚的，除了我，谁会要啊？哈哈哈！”鹿安说着说着，就笑了起来。

我气鼓鼓地转过头，不理他了。

其实转过头后我也笑了，心里更是美滋滋的，不过我不想让他看见。

省城其实很近，不过一小时车程。可是到了后，鹿安并没有直奔宠物市场，而是先带我去了欢乐谷。

看着令人眼花缭乱的游乐设备，我还傻傻地问：“请问这里有小猫小狗吗？”

鹿安狡黠一笑：“不急，先玩会儿。”然后迅速买了门票，拉着我跑了进去。

结果我们在欢乐谷整整玩了大半天，几乎把每个大型游乐项目都玩了一遍。开始我还催快点走，不然宠物市场就关门了，可鹿安根本不听，玩完一个立马去下一个，一点都没有要走的意思。

我再笨也知道鹿安骗了我，只不过是善意的谎言，而且那天我确实玩得很开心。其实我一直都想来欢乐谷，上次来还是小学的时候，那时候太小，好多刺激的项目都没敢尝试，这次全部体验了一下，一个没落。

而且很奇怪，有鹿安在我身边，最吓人的项目我都不害怕，莫名地有安全感。

特别是高空极速飞车，原来打死我都不敢玩的，可这次我不但不怕，反而拉着鹿安连坐了好几遍。在空中，我们翻滚着、尖叫着、大笑着，我紧张的时候就用力掐鹿安，结果掐得他胳膊上青一块紫一块的，疼得他龇牙咧嘴，看得旁边的小姑娘都不乐意了，不停地责怨身边的男孩：“看看人家男朋友表现多好，你也不学着点！”

我听着正暗自高兴呢，结果那男生回的话可气人了：“什么男朋友？人家是兄妹，哥哥对妹妹好没法学。”

女生问：“你怎么知道的？”

男生白了我们一眼：“你没看到他俩长得一模一样啊？弄不好还是龙凤胎呢。”

靠！什么眼神啊！再说了，我有那么老吗？我听了很生气，结果转头一看，鹿安笑得快抽过去了，真不晓得这有什么可乐的。

30

要不是惦记着回去，估计我们能玩一整天。

下午四点出园时正是一天中最闷热的时候，路过冰激凌店时，我眼睛瞬间发亮，不过排队的人实在太多了，只得放弃，心里连喊好遗憾。

鹿安带我找到一个阴凉的地方，然后将手机和钱包递给我，让我帮拿着，说自己要上个厕所，叫我别乱动，乖乖等他。

我听话地一动不动待在原地，等了好半天他都没回来。一开始我还暗自取笑他“不会掉里面了吧”，等着等着突然心一惊，怕他扔下我一个人走了，赶紧往回走去找他。

等再次走到冰激凌店时，远远看到他挤在长长的队伍里，汗流浃背，正焦急地踮脚向前张望着。

我突然好感动，眼泪都快出来了，赶紧回到原地。

又过了好久，他终于捧着两大杯不同口味的冰激凌回来了，满不在乎地递给我：“快吃吧。”

“你也吃啊！”

“两杯都是给你的。”

那是我吃过的最好吃的冰激凌了，身边的女孩看到了，又充满了羡慕，然后责怪自己的男朋友怕麻烦不给自己买。

这回听得我很开心。

在回去的大巴上，我筋疲力尽、昏昏欲睡，却总找不到舒服的位置。鹿安挺直了腰，耸耸肩膀："快别硬撑了，靠着睡会儿吧。"

我立即把头靠在他肩膀上，好舒服啊，瞬间就昏睡了过去。

等醒来时，车已经到站了，我惬意地伸了个懒腰："怎么这么快啊！"

"怎么这么慢啊！"鹿安也晃了晃脖子，"好酸，你的头太重啦！"

"你一直没动吗？"

"不能动的，一动你就醒了。"

又是满满的感动，我转过头，怕他看到眼里的湿润。

突然发现四周好几个女生都在看我，从她们的眼神中，我又看到了羡慕。

那一瞬间，真的感觉好幸福。

从小到大，我都是一个不缺爱的孩子，我有着世上最好的父母，有着世上最好的朋友，有着世上最快乐的童年，我最不缺少的就是爱和幸福。

可那一瞬间，我体验的幸福是前所未有的，是亲情和友情都不足以比拟的。

这种感觉，疑似爱情。

31

回到家后，我突然变得失魂落魄。

不停地看手机，可上面一条鹿安的信息都没有。我开始失望，还有点生气。

又纠结了好久，我终于鼓足勇气给鹿安发过去一条信息，若无其事地问他到家没。

结果我包里立即发出手机的提示音，打开一看，傻眼了，鹿安的手机竟然在里面。原来白天他总让我帮他保管手机，结果最后忘拿了。这对神经大条的我来说并不算什么，只是鹿安也没意识到，可见他和我一样魂不守舍吧。

嗯，一定是这样的。心中突然一阵甜蜜。

可现在麻烦来了，虽然理性告诉我偷看别人的手机绝不是件光彩的事，但我真的没办法控制打开触手可及的手机的欲望。

里面充满了赤裸裸的诱惑啊！

我找了无数个看他手机的借口，又逐一自我推翻，最后终于找到了一个很不错的理由——我数学那么差，如果能破译他的锁屏密码，一定很好玩。

于是我开始津津有味地“玩”起他的手机，我输入各种数字的排列组合，统统都不对。最后我脑洞大开，输入了我的生日，屏幕立即点亮了。

我的手不由自主地强烈颤抖起来，他怎么会知道我的生日？又为什么要用我的生日作为他的密码？

我打开他的手机相册，眼泪瞬间涌出。

相册里绝大多数照片都是我的——我做奶茶时的照片，我发呆时的照片，我浇花时的照片，我拎着盒饭进门的照片，我高兴时大笑的照片，我心烦时大叫的照片，我委屈时噘嘴的照片，我气愤时张牙舞爪的照片，我工作太累了趴在吧台上睡着的照片。我的全身照，我的半身照，我的大头照，我的背影照……满满全是我。

他都是什么时候拍的？为什么要偷偷拍我？

他是不是故意让我看他的手机？他究竟想要干吗？

就在我不知所措之际，我的手机突然响了，是个陌生号码。

我犹豫着接了起来，竟然是鹿安。

他说：“我手机落你那里了。”

我说："我知道。"

他又说："我现在可以去取吗？"

我迟疑："现在太晚了，要不明天我给你送过去吧。"

他继续说："我现在就在你家楼下。"

我赶紧冲到窗前，打开窗帘，发现鹿安正站在楼下边打电话边往上看。

我冲他挥了挥手，他也冲我笑了笑。

我说："你等会儿我，我现在就下去送给你。"

他关心："出得来吗？实在不行就明天吧，这样看着你打电话也很不错。"

"我尽量。"我赶紧挂了电话，穿好衣服，和爸爸扯了个谎，然后匆匆下楼。

鹿安见到我很高兴，用手揉了揉我的头发，略微惊讶地说："竟然能出来，你不是说你爸妈看你看得很紧吗？"

我红着脸回答："哦！我撒谎说来大姨妈了，家里姨妈巾没了，他们立即就同意了。"

"真行，看来你也不是很笨嘛！"

"我先上去了，时间长了他们该怀疑了。"

"好啊，那等会儿我再给你打电话好不好？"

"嗯！"我点了点头，"我走啦！"

"走吧，我看着你呢。"

和鹿安挥手告别后，我匆匆到小区里的超市买了包姨妈巾，回到家和爸妈应付了几句，然后幸福地回到自己的小房间，关上门，坐在窗前，看着鹿安，然后朝他比画了一个OK的手势。他的电话立即打了进来。

那天晚上，我们足足聊了三个多小时，鹿安就在路灯下站了整整三个小时，一直打到手机没电为止。

其实从头到尾都在瞎聊，但那种甜蜜的感觉我永远都会记得。

32

我是个不爱做梦的人，但那一夜，我做了很多梦，梦见了很多事，也梦见了很多人：卢一荻、陶梦茹、鹿安、崇礼……他们在我面前逐一出现，又逐一消失。

醒来时，我泪流满面，再也无法入眠。

我想人生就是这样，进来一个人，就会出去一个人；盛开一朵花，就会关闭一扇门。

有些事情正在发生，无论靠近还是远行，你都无能为力。

我们能做的，只有面对，然后接受。

当有一天不再挣扎，不再反抗，或许就真的长大了。

33

陶梦茹终于回来了。

她明显消瘦了很多，不过精神还算好。我问她到底怎么了，她死活不说，就说让我放心，我光顾着沉浸在重逢的喜悦中，不在意她的闪烁其词，也没再追问。

崇礼则不出意外地得了全国大学生计算机编程大赛的第一名，再次成为全校师生茶余饭后热议的风云人物。据说以他的成绩，可以轻松拿全奖去美国读常青藤；据说他读的专业，毕业后年薪十万美金起，而且拿绿卡特别容易。关于他的传说，还有很多很多。总之，和我们这些平民相比，他的未来简直星光璀璨。

周五上午，崇礼在校礼堂做了获奖专场报告，院领导悉数参加，会上授予了崇礼省优秀大学生的称号。台下的陶梦茹一边不停地咳嗽一边拼命鼓掌，简直比她自己获奖了还高兴。

我揶揄：“小样，幸福死了吧。”

她红着脸点头：“我估计他很快就会找你了。”

我吐吐舌头：“是福不是祸，是祸躲不过。你放心吧，我会好好对他的，然后再把他的话一字不差地转告给你。”

陶梦茹轻轻地抱着我，在我耳边说：“乖！”

34

果然，当天傍晚，我刚从奶茶店下班，就在门口见到了崇礼。

他背着大大的双肩包，双手插兜，站在银杏树下，目光平和地看着远方，夕阳映照着他的脸庞，他周身散发出金黄色的光芒，棱角鲜明，好像漫画里走出来的少年，真的超帅气。

突然觉得，就冲这颜值，梦茹就有足够爱他的理由。

我心一沉，长长呼吸了一口气，然后悄悄走到他身后，突然用力拍他肩膀，同时大喊：“喂，想什么呢？”

他明明吓了一跳，却努力装出一副很淡定的样子：“我……在等你下班呢。”

“真讨厌，都没吓到你！”我将包扔到他怀里，“快帮我拿着。”

“好嘞！”他紧紧抱住包，“怎么这么沉，都是书吗？”

“错了，里面什么都有，就是没有书。”我有点不好意思，“还傻愣着干吗，走吧。”

崇礼听话地和我并肩离开，夕阳在我们身后拖出长长的影子，看上去竟然很和谐。不过因为答应了陶梦茹，我反而变得拘谨起来，不知道该说些什么，又很害怕他再像上次那样让我难堪，于是只能一路相对无言。

崇礼也迟迟没有说话，我偷瞄他，觉得他其实比我更紧张。

我心想：是他不说话的，梦茹你可不要怪我哦。

好不容易走到车站，我赶紧说："我还有事，坐车先走啦，拜拜！"然后匆匆往前跑了两步。

结果崇礼追了上来："我好像也要坐那趟车。"

"你知道我坐哪趟车吗？"

崇礼笑了："你坐哪趟，我就坐哪趟。"

35

我随便上了辆公交车，崇礼果然跟了上来，并且找了两个空位子，示意我坐下。

本来我想恶作剧趁车门关闭前突然跳下车的，后来想了想还是算了，就当是梦茹在陪他吧，于是乖乖地坐到他身边。

公交车晃晃悠悠地行驶着，我和崇礼依然无言，就傻乎乎地看着外面。

过了两站后，我终于受不了了，突然转过头对他说："哎，你要是再不说话，我就下车了。"

崇礼怔怔地看着我，嘴唇翕动着，仿佛要说的话很难说出口。

我心想，完了，他肯定又要问我愿不愿意做他女朋友了，我该怎么回答呢？真是愁死我了。

幸好崇礼憋了半天，只是说："璐宛溪，你真的不打算出国了吗？"

我莫名其妙地说："什么意思？"

他答非所问："毕业后，我会去美国读研。"

“我听说了。不过，和我有关系吗？”

“我在想，或许我们可以一起过去。”他的眼神一下子亮了，“那该多好啊！”

“一点都不好。”我睨视他，“你想得还挺多。”

“你不能就这样放弃自己。”崇礼突然正色地看着我。

“说什么呢你？”我急了，“我怎么就放弃自己了？”

崇礼也不恼，继续苦口婆心：“你和她们不一样，你本可以有更好的未来，真的！”

“有病！”我彻底把脸转了过去，可惜耳朵不能闭上，只能继续听他唠叨。

“我知道你其实是担心自己的成绩，没关系的，你那么聪明，只要方法得当，很快就能追上来的。”

我没说话，“哼哼”两声表示极度不耐烦。

“而且国外大学也不是只看成绩，还要看综合能力，以及申请文书，这里面是有技巧的。”

“说完了没有？”

“说完了。”崇礼顿了顿，接着很认真地补充，“我帮你吧。”

“帮我？帮我什么啊？”

“帮你复习，我整理了一套非常好的托福资料，绝密的哦。”崇礼立即神采飞扬，“我认真想过了，以后每天放学后我找你复习一个小时，好不好？”

“不好。”

“半个小时呢？”

“也不好。”

“十分钟？”

“这不是时间长短的问题。”

“那是什么问题？”

“哎呀，不想说啦！好烦的。”

“我觉得你在逃避。”

“切，干吗一定要出国，难道不出国的人都会死吗？”

“不会死，但出国读更好的大学，人生会变得不一样。”

“我才不稀罕这些好不好。一个人如果不快乐，不自由，不能做自己，活着还有什么意思？”

崇礼不反驳了，看着我幽幽地说：“你真的挺任性的。”

“我一直都很任性，不可以吗？”

“可以。”

“我不想再谈论这个无聊的话题了，可以吗？”

“可以。那我再换个话题，上次我提的要求，都过去好多天了，你考虑得如何了？”

真是服他了，他到底是什么材料做的，抗压能力这么强？

我装傻：“什么要求啊——快看，空中有只鸟，八条腿。”

崇礼根本没上当：“做我女朋友啊。”

“我……”耳边立即响起梦茹的恳求，以及我对她的承诺。

我紧咬着嘴唇，什么都说不出口。

崇礼似乎没有在意我的纠结，继续认真说：“这些天我没有来找你，其实也一直在思考这个问题。我很担心我只是一时冲动，欲望蒙蔽了理性，所以想再放一放，等一等。现在，我清晰地知道内心的答案了，我说的每一句话、每一个字，都是认真的、负责任的，请相信我。”

“没说你不认真。”

“如果你还是觉得太突然，我们可以慢慢培养感情，就像你说的，其实我并不了解你，你也并不了解我，所以我们需要时间去了解对方。”

“这话倒没错。”我回答得很慢，脑子却飞速转着。

“但首先要打开心扉，建立连接，确定关系，否则是没法真正了解彼此的。”

“你是在做数学题吗？感情是没法计算的好不好？”

“不是计算，只是我思考这个问题的模型。你想想，我们身边谈恋爱的同学并不少，可是很多人根本不知道为什么要谈，也不知道如何选择一个人，仿佛只是为了谈而谈，要么是因为自身一些情绪的短板，希望得到弥补或者呵护。这样的出发点就注定了情感的不可靠和不牢靠，吵架、分手，甚至受伤就在所难免。最可笑也最遗憾的是，他们还不从根本上想问题，往往埋怨对方不够忠诚，埋怨生活太过艰难，埋怨命运不够垂青自己，从来就没有埋怨过自己，这样未免有失偏颇，而且于事无补——你干吗这样看着我？”崇礼露出得意的小表情，“是不是我的爱情思考模型令你折服了？”

“拉倒吧，你可真够自恋的。”我虽然觉得他说得确实很有道理，但嘴上就是不愿意服软，“别看你哇啦哇啦地说了那么多，我可一句都没听进去。”

“没关系，你会慢慢接受我的观点，还有我的灵魂。”

“行啊，那就把问题交给时间，看你表现咯。”这应该是我对他能说出的最肉麻的话了吧。

我说这么肉麻的话不是因为我已经开始接受他，而是我想立即结束和他的聊天。

因为我突然明白了一个道理：和崇礼同学辩论，永无胜算。

所以应该换一个方式，点到为止。

而且这样也算兑现了对陶梦茹的承诺，又不至于失去立场，还把握着主动权，进可攻，退可守。

“我们的关系正在朝着美好的方向飞速发展哦。”崇礼果然很高兴，“方向比什么都重要。”

我指着刚刚到站打开的车门：“你现在的方向就是立即下车。”

“没问题，今天可以和你说这么多，我已经很满足了。”崇礼站了起来，“帮你复习的事，你再想想哦。”

崇礼说完就下车了，我长吐了一口气，刚闭上眼睛准备休息会儿，手机突然响了起来，竟然是陶梦茹。

36

我赶紧接听：“梦茹，我跟你说啊，刚才我和崇礼……”

“你答应他没？”

“答应什么啊？”我突然回过神来，“你怎么知道刚才我和他在一起的？”

“你答应他没有？”陶梦茹只关心这个。

“反正没拒绝吧。”我实话实说，同时环顾四周，疑惑地问，“梦茹你现在在哪儿呢？”

陶梦茹没回答，而是说：“那就好，我放心了。”

“你怎么知道我刚才和崇礼见面了？”

“我……”她吞吞吐吐，“反正谢谢你，七七。”

“好吧，那下周见面时我把详细情况告诉你，我今天可和他说了不少话。”

“下周……我可能又去不了学校了。”陶梦茹边说边咳嗽，“我还要去趟医院，这次可能待的时间要长一些。”

我心一沉：“梦茹，你到底怎么了？快告诉我。”

“没事的，你不要担心，会好起来的。”

“不行，你必须告诉我，你刚回来没几天又要住院，肯定有事，我现在就去找你。”

“乖七七，听话，我现在不方便讲太久电话，先这样，拜拜。”

陶梦茹说完就匆匆挂了电话，我在公交车上愣了半天，心情变得无比压抑，总有一种随时会失去她的不好的预感。这种预感让我感到恐惧，却又无能为力。

37

周六我本想约卢一荻玩，可她依然说没空，我实在闲得无聊，就给鹿安发信息，问他在不在。

过了好久，他才回了一个字：在。

我觉得有点不对劲，又问：“那我现在过去好不好？”

结果他又回了两个字：随便。

什么情况？我怀着惴惴不安的心情赶到奶茶店，结果刚进门就发现他的神情严重不对劲。

照往常他肯定正优哉游哉地玩着游戏，要不就躺在椅子上等着我给他买盒饭吃，可现在他什么都没做，就傻坐在吧台前抽闷烟，脸拉得比鞋底还要长。

我冲他打招呼，他也不理我。

我跑到他面前，用手在他眼前晃，他依然不理我。

我开玩笑：“你怎么了，老年痴呆了吗？”

他竟然“哼”了一声，转过身去。

我确定他肯定是对我有情绪了，可我完全不知道哪里得罪他了，前些天明明还好好的啊！难道是因为他反悔了，不想让我留在店里打工了？他完全可以直接说啊，反正我们都没有给彼此承诺。

我没法控制自己不胡思乱想，并且也觉得委屈，决定不再搭理他。

我就在柜台前干活，把瓶瓶罐罐摔得震天响。

一小时后，他终于按捺不住，走到我面前："我有话想对你说。"

我没好气地回答："有话就说啊，你又不是哑巴，我又不是聋子，脸拉那么长给谁看？"

说着，我的眼泪就出来了。好奇怪，我没那么脆弱的啊！

一看到我流泪，他就慌了："你哭什么哭？"

"我想哭就哭，想笑就笑，你管不着。"

又过了会儿，他长叹了口气："好吧，刚才算我不对，你快别哭了。"

"别，你怎么会不对？你千万别道歉，我受不起的。"我哭得更伤心了，"什么人啊都是！"

"别生气了，其实我也很不开心，只是……只是……"他犹疑着，终于吞吞吐吐地说了出来，"昨天那个男生……是在外面等你吧。"

"对啊。"我有点知道他想说什么了，但就是不愿意惯着他。

"他接你下班了？"

"对啊。"

"他喜欢你吧？"

"对啊。"

"那你……"

"我也喜欢他，他是我男朋友，我们恋爱了，感情可好了。"我一口气说了出来，"请问关你什么事？"

"不关我事。"他突然笑了，"可我不相信。"

"为什么？"

“因为不可能，因为我了解你，因为七七你不是一个随便的女生。”

“谁说的？我可随便了，简直水性杨花、人尽可夫，他们都叫我公共汽车呢。”

鹿安的脸又一沉：“不许你这样说自己。”

“嘴长在我身上，我想怎么说就怎么说。”

“好吧，如果你真是这种人，我就……”

“你就什么？”

“我就把你收了，为民除害。”

“你讨厌！”我嗔怒，“知道还问那么多废话，还摆臭脸给我看。”

“我只是看到你和其他男生在一起，不得劲。”

“你简直比我爸管得还严。”我心中美滋滋的，可还得矜持啊。

“都是为了你好。”

“那可不见得，谁知道你安了什么心哪。”我简直觉得自己有点白莲花了。

“以后你不要和其他男生单独相处了，好吗？”他说这话时几乎是在恳求了，整个人更是温顺得不得了。

我没答应他，因为两个胖胖的女生手拉着手进来了，我立即装作什么事都没发生一样上前招待：“你们要喝点什么？”

“来两杯奶茶，要多加点奶哦。”其中一位胖女孩美滋滋地点餐。

“我的要多加点糖。”另一位胖女孩美滋滋地补充。

“不卖！”还没等我接单，鹿安突然大声叫停，“下班了。”

“神经病啊！”胖女孩们嘀咕着，吓得赶紧离开。

鹿安干脆把门关上：“七七，答应我好吗？”

“我……我……”虽然我心中一万个愿意，可是我已经先答应陶梦茹了，我不能背信弃义。

“对不起，我不能答应你。”

“为什么？”

“因为……我做不到。”

“是做不到，还是不想做？”

“都一样的……”我纠结死了，可是我只能这么说。

“好吧，我知道了。”他瞬间又变得无比沮丧，默默走到一边，抽闷烟。

我开始一言不发地收拾东西，虽然在这里的时间不算长，但还是留下了不少我的小物件，现在都要带走说再见了。

他惊愕：“你要干吗？”

“离开啊，我让你不高兴了，你肯定会赶我走，还不如自觉点。”

“谁说的？你拒绝我了，我反而更要让你留下来。”鹿安看着我，突然又笑了，“这样我才有机会让你答应我啊！”

“那万一我永远都不会答应呢？”

“我想试试。”

“不后悔？”

“不后悔。”

好尴尬也好感动，我愣在原地，不知所措。

鹿安慢慢地走到我面前，眼睛里满是柔情。

我感觉自己的心脏都快跳出来了，他要是想吻我怎么办？我肯定会晕过去的。

为什么我的脚动不了？为什么我说不出话了？为什么我呼吸这么困难？我这是怎么了？

几秒钟，过得像一个世纪那么漫长。

鹿安终于走到我面前，轻轻抬手，抚摸我的头，我闭上了眼睛。

只听到他突然说：“七七，你刚才吃什么了？”

“啊？”我赶紧睁开眼，“哦，来的路上我饿了，吃了个韭菜合子。”

“好吃不？”

“好吃——是不是有味儿啊？”

“味儿倒是没有，不过你把韭菜叶沾牙上啦。”他很小心地从我牙齿上拈下一片很小的韭菜叶，然后笑得上气不接下气，“哈哈哈哈，你是猪吗？”

“讨厌，为什么现在才说！”我赶紧冲进洗手间。

洗好脸出来后，我简直没脸再见鹿安，匆匆拿起包跑了出去。

“明天记得要来啊！”他在身后喊。

“知道啦！”我头也不回地跑开了，心中特别温暖。

38

周一，陶梦茹果然没来上课，所有人都不知道她到底怎么了。我给她发信息，她一律没回；打电话，竟然关机了。

教室里喧嚣依旧，似乎除了我，根本没有人在意陶梦茹的缺席。

我突然想：如果有一天我也这样无声无息地不见了，会有人在意吗？

而我，又会因为什么突然消失？

因为爱？还是因为伤害？

我的人生还会发生什么？遭遇什么？我又会变成什么样？会和现在截然相反吗？如果会，那么我现在还有没有必要坚持自己的观点？可如果不坚持，我会不会轻易就变得面目全非，那不是对自己的背叛吗？一个人如果连自己都能背叛，那还有什么不能背叛？一个人如果什么都背叛，那活着到底有什么意思？如果活着没意思，为什么还要苟且？为什么不直接去死呢？所以，自杀的人到底是懦弱的还是勇敢的？而在背叛中活着的我们又是聪明的还是愚蠢的呢？

整个上午我都在胡思乱想中度过，我不想思考这么多形而上且毫无意义的问题，可我就是控制不了。我第一次觉得体内还有另外一个自己，她蛰伏多年，休养生息，现在已经到了和我分庭抗礼的时候，如果我不能杀死她，就会被她杀死，而最后不管谁杀死谁，都是我自己杀了自己，我都是失败者，所以失败是既定的宿命，谁也无法挣脱。

看，我又开始胡思乱想了，我真是疯了！

39

好不容易熬到上午最后一堂公共课结束，我头昏脑涨地端着饭盆去食堂，还没进门就听到身边的女生叽叽喳喳地说："快看，快看，有人在求爱撒狗粮呢，还是个妹子，好辣眼睛啊。"

食堂门口已经围了好多人，本来我对这种公开示爱的行为一向嗤之以鼻，但是透过人缝好像看到了崇礼，于是我情不自禁地停下脚步，踮着脚往里瞅，发现崇礼果然是男主角。

一个长着标准网红脸的妹子抱着好大一捧玫瑰，正对崇礼深情告白呢。

"崇礼学长，我是幼师学院的赵茉莉，我很喜欢你，我的世界全是你，我想做你的女朋友，我是真心的。"

尖叫，鼓掌，口哨声，围观的吃瓜群众立即起哄："在一起，在一起。"

崇礼则一脸厌烦的表情，甚至连回答的心情都没有，转身就要走。

那个女孩竟然拉住他的胳膊："崇礼学长，请你好好考虑下，我和其他喜欢你的女孩不一样，我比她们都优秀，我自信只有我才配得上你。"

这句完美地反映了她的情商的话一出，现场叫好的女生都不乐意了，纷纷开始小声骂起来。

那女孩竟然毫不在乎，继续拉着崇礼的胳膊各种倾诉，大有将崇礼扑倒之势。

我心想：现在的学妹越来越彪悍了，简直是人至贱则无敌。

崇礼不耐烦地用力甩开那女孩，冷冰冰地说："我是绝对不会接受你的。"

"为什么啊？"女孩仿佛被宣判了死刑，一下子哭了起来。

现场所有人都竖起耳朵，聆听校草加学霸崇礼同学拒绝人的理由，猜想肯定特别有内涵。

"因为……我已经有喜欢的女孩了。"

现场一阵哗然，仿佛这样的回答实在是负分。

我赶紧往外挤，可是人实在太多，根本挤不出去。

"我不相信，她是谁？"女孩哭着挡在崇礼面前，"你那么优秀，怎么会喜欢上别人？你一定是在骗我。"

崇礼无可奈何地看了看天，然后一字一字地说："好吧，我喜欢的女生叫璐宛溪，她比你聪明，比你漂亮，关键是，比你更像个好姑娘，所以请你不要再这样纠缠我，否则只会让我更讨厌你。"

现场又一阵哗然，我脸颊发烫，怎么也没想到在这种场合下会被点名，感觉特别奇怪。

崇礼说完转身离开了，现场围观的群众也纷纷散去，只留下那个伤心欲绝的女孩。

不知道为什么，女孩突然抬头瞪了我一眼，眼神中充满了怨恨，吓得我一激灵，赶紧走开。

40

麻烦很快就来了。

下午放学后，我急匆匆地赶往奶茶店，刚出校门就被中午那个当众表白的网红脸女孩截住了。

她的形象和中午娇滴滴的样子判若两人，完全是个小太妹的模样，身后还歪歪斜斜地站着几个抽着烟的女生，一看都不是什么好人。

我一开始并不确定她是专门来找我麻烦的，低着头想过去，结果被她狠狠推搡了一下。

“你就是璐宛溪吧。”

我赶紧往后退了两步，心中飞速盘算着怎么办，以前从来没遇到过这种情况，要是卢一荻在身边就好了。

“臭婊子，真他妈的不要脸！”赵茉莉又上前推了我一把，嘴里不干不净地骂了起来。

我竭力控制住自己的情绪，让自己表现得不那么害怕，同时偷偷瞄着四周，虽然有几个路人正对我们指指点点，却没人敢上前干涉。

要是往回跑，应该能逃走，可是那样太丢人了，看样子，只能硬着头皮面对了。

“你想干吗？”我冷冷地回应，同时保持和她的距离。

“哼哼，我还以为崇礼喜欢的人会有多么不普通，没想到这么不起眼，我看他真是瞎了眼。”赵茉莉冷笑着说，“你要是把崇礼让给我，今天我就放你一马。”

“如果我不答应呢？”我本来想解释我和崇礼其实什么都不是，可她的样子实在太嚣张、太气人了，我瞬间大脑充血，也顾不上那么多了。

“臭婊子，你还敢顶嘴！”她恼羞成怒，抬手就向我脸上抽了过来，我赶紧避让，还是被她的指甲划到了。

脸上传来剧痛，就在我考虑要不要和她拼了的时候，一个高高壮壮的男生挡住了她。

我还以为是哪个好人良心发现要英雄救美呢，结果就听到赵茉莉对这个男生撒娇地说："哥，你干吗拦着我？看我今天不好好教训教训这个臭婊子。"

我去，竟然是她的同伙，难怪这么有恃无恐。

我心想：完了完了，几个小太妹我都对付不了，现在又多了个帮凶，看来今天在劫难逃了。

果然，那个男生凶神恶煞地瞪着我，恶狠狠地说："知道我谁不？"

我摇摇头。

"他妈的！竟然连我都不认识。"男生朝地上用力吐了口吐沫，"你记好了，我叫力哥，是这一片的大哥，这里警察管不了的事都归力哥我管，听到没？"

我情不自禁地点点头，真是快吓破了胆。

"那你知道我老妹为啥为难你不？"

我又点点头，小声说："知道。"

"本来你们女生这种破事我是懒得插手的，但我就这一个老妹，我老妹不爽，我不能袖手旁观。以后你不许再和那小子说一句话，他找你你也不准搭理，听到没？"

我已经吓得完全不知道是应该点头还是摇头，就不停地往后退。

"你要是敢不听话，我就毁了你的容，让你变成丑八怪，你别以为我在吓唬你，力哥我说到做到。还有，千万别报警，我进去过好几次，根本不怕。"

我感觉自己快晕倒了，双腿直发软。

还好这个自称力哥的人恐吓完我，说：“好了，你可以滚了。”

我赶紧往前跑，眼泪瞬间汹涌而出，可是我又不敢哭出声来，只能强忍着。一直跑到看不见那几个人，我才蹲在路边小声抽泣，非此不能缓解内心的恐惧。

41

惶恐无助的我此刻最想见的人就是鹿安。

所以，虽然我大脑一片空白，但还是来到了奶茶店。可很快我就后悔了，我又不想告诉他刚才发生的一切了，不想让他为我操心，更不想让他误会我。

就这样，我在奶茶店门口站了很久，进去不是，不进去也不是。

最后还是鹿安发现了傻傻站在门外的我。

“怎么才来？都几点了。”

或许说者无心，可听者有意，他的话像针刺一样难听。

鹿安说完，看我还是站在原地不动，又催：“快进来啊，还愣在外面干吗？”

“哦。”我轻轻应了声，赶紧进屋开始干活，可心中委屈极了，眼泪大滴大滴地往下掉。

鹿安当然没有发现，他的心思全在游戏上。

进来买奶茶的人很多，我完全不在状态，脑子里想的全是之前看过的一些女生打架的视频，越想越害怕，接连做错了好几杯。顾客不满意，对我连声抱怨，我赶紧认错，结果手一松，杯子又打碎了。

鹿安这才从电脑前挪开眼，有点疑惑又有点抱怨地对我说：“七七，你怎么回事？”

“没事。”我咬着牙，赶紧把头转过去，继续干活。

“不高兴了？是不是我哪里又做得不对？”

我摇头，可眼泪根本控制不住，就算用手捂着也无济于事，泪水很快就从指缝里渗了出去。

“怎么还哭了呢？”鹿安这下慌了神，赶紧拉住我，“快告诉我怎么了。”

我挣扎，可是他的力气好大，我觉得自己快崩溃了，大叫：“放开我，我让你放开我啊！”

说完，我蹲在地上，抱着头抽泣起来。

鹿安赶紧松开手，然后跟店里的顾客打招呼，说要提前打烊，请他们先走，还没付钱的统统免单，然后将门关上后蹲在我面前，轻轻地拍着我的后背，关怀备至地说：“七七，你要是想哭，就尽情哭个够，我会一直在你身边陪着你。”

我“哇”的一声扑进他怀里，号啕大哭起来，压抑到现在的情绪终于可以尽情释放。

鹿安就一直抱着我，什么也不说，一直等我哭完，眼泪把他的肩膀全部打湿了。

“好了，我没事了。”我站了起来，用手梳理凌乱的头发。

“不行，你必须告诉我发生什么了。”

“我不想说，你不要逼我。”

“七七，你知道我的性格，如果你不告诉我，我只会更痛苦。”鹿安眼神坚定地看着我，“不管发生什么，你都不要一个人承受，我们一起去面对，好吗？”

我看着鹿安，虽然我真的不想告诉他，可是他的眼神将我慢慢融化，让我受伤的心变得温暖起来。

我哽咽着将刚才的事简单地说了一下。

鹿安一直很冷静地听着，只是眼神越来越犀利，那是我从来没有见过的表情。

“那个人叫什么名字？”

我摇头：“我不知道，他自己说叫力哥。”

“力哥，力哥……”鹿安轻轻地念着，然后对我说，“我知道了。这样，我现在先送你回去，明天你不要过来，我会到学校接上你，然后一起去个地方。”

“你要带我去哪里？”

“明天你就知道了。七七，你什么都不要怕，有我鹿安在，这世上绝对没有人敢欺负你，相信我。”鹿安说这话的时候很坚定，充满了一种不容置疑的力量。

“嗯！”我点头，“谢谢！”

“真是个傻丫头。”他轻轻地抚摸我的头，一字一字地说，“今天让你受苦了，我发誓，这是第一次，也是最后一次。”

42

虽然有了鹿安的安慰，可夜里我还是做噩梦了，最后喊着“我不要毁容”从噩梦中惊醒，醒来时发现已经泪流满面。然后就怎么也睡不着了，抱着膝盖坐在床头，一直熬到天明。

那种感觉真的太痛苦了。

吃早饭的时候，爸爸意识到了我的异常，询问了几句，但我是绝不可能告诉他发生了什么的，就随便扯了个谎。爸爸忙着去公安局主持会议，也没再多问。

到了学校，我的心情又变得无比沮丧，感觉看世界的视角都和平时不太一样了，更是感受到了以往绝对感受不到的滋味。青是受伤，春是成长，由此看来，人总是在受伤中成长，越来越清楚地认识真正的自己。所以，这些不开心的事也不见得都是坏事吧。

虽然我心中已经想得很明白，可放学后，心情还是高度紧张起来，我害怕那个女生还会来为难我，所以待在教室里不敢往外走。

曾经我以为自己一身正气，天不怕地不怕，等到危机来临时，才知道自己比想象中要脆弱很多。

就在我坐立不安之际，突然收到鹿安的信息：我在校门口等你。

我松了口气，赶紧离开。远远就看到鹿安穿着全黑的机车服，戴着墨镜，抱着头盔，侧身坐在他那辆巨大的哈雷上，夕阳映照下是那样英俊帅气，和平时看到的那个温柔大男孩判若两人。四周不少女生正悄悄对着他指指点点，眼神里全是爱慕。

我走过去，鹿安对我微微一笑，然后将头盔递给我：“上车吧。”

我听话地戴上头盔，然后跨上摩托，紧紧抱住鹿安的腰。哈雷发出巨大的轰鸣声，向前冲去。

43

鹿安带着我一路风驰电掣，很快穿过市区，来到一片仓库林立的郊区，最后停在一间巨大的仓库前。

“到了。”鹿安停好车，然后小心地将我搀扶下来。

“这是哪儿？”我突然又开始紧张起来，发现四周已经停了好几十辆各式各样的摩托。

“等会儿你就知道了。”他一手拉着我，一手推开厚重的仓库大门。

仓库里宛如另一个世界，一个我只在电影里看过的世界。那里灯光昏暗，空气肃杀，已经聚集了很多人，几乎每个人身上都有文身，几乎每个人手中都握着钢管，几乎每个人都在鹿安路过时立即往两边散开让开一条路，然后毕恭毕敬地喊着：“大哥好！”

鹿安点点头，一言不发地紧紧拉着我，往里走去。

我感觉自己的呼吸已经停止，心脏卡在嗓子眼处，我从来没见过这么多古惑仔，感觉全城的流氓都聚集于此。为什么他们都对鹿安如此尊敬？鹿安不就是个开奶茶店的吗？他为什么要带我来这个地方？他到底想干什么？我要是告诉爸爸，是不是就可以把“坏人”一网打尽？

短短数秒钟，我的脑海里已经天翻地覆。

等走到最里面时，我认出了一个人，正是卢一荻的新男朋友甄帅，他怎么也过来了？

甄帅看到我显然也很吃惊，对我点了点头算是打招呼，然后对鹿安说：“大哥，人我给你带来了。”

“好！”鹿安淡淡地应了声，充满了不容置疑的威严。

我这才发现，人群对面还孤零零地站着一个人，正是昨天威胁要毁我的容、自称力哥的家伙。

只不过此刻的他一点气势都没有，像个霜打的茄子，有气无力地戳在那儿，眼神中更是写满了恐惧。

鹿安拉着我缓缓走到他面前，停了下来，然后冷冷地说：“七七，你看清楚点，是不是这个人？”

我点头，小声说：“嗯。”

“知道了。”鹿安温柔地对我说，“你先歇会儿。”然后冲甄帅使了个眼色。

甄帅立即拉着我退到一边，然后小声说：“原来大哥说的女孩就是你啊，简直太巧了。”

“是啊……”我有点尴尬，“卢一荻呢？”

“她没来，我打架从来不告诉她。”

“哦，你们这是要干吗啊？”

“不是说了打架吗？哈，我说你可真够牛×的，好久没见大哥如此动怒了，真没想到他重出江湖竟然是为了你。”甄帅边说边挤眉弄眼，好像特别开心。

“他不会有事吧？”我担心。

“你说谁？大哥还是那胖子？”甄帅匪夷所思地看着我，“我跟你说，十个那胖子都不是大哥的对手，胖子今天要倒霉了。”

我没心思听甄帅吹牛，赶紧看着鹿安。

鹿安死死地盯着胖子，始终没说话，但强大的气场已经完全将对手震慑住了。

胖子结结巴巴地说：“大哥好……好久不见……”

鹿安的表情没有任何起伏，很平静地问：“知道我今天请你来干吗吗？”

胖子赶紧点头：“大哥对不起……我真的不知道她是您的人……否则借我十个胆子我都不敢动她。”

我越来越疑惑了，为什么他这么怕鹿安？重出江湖又是什么意思？鹿安到底是干什么的？

“哐当！”鹿安突然将一把匕首扔到胖子面前，然后说：“你为了你妹妹出头，也没错，你不需要道歉。江湖事江湖了，我们就按照江湖规矩来解决，把刀捡起来。”

“大哥，不要这样，有话好好说。”胖子根本不敢捡匕首，连连后退。

结果他身后的人立即恶狠狠地将他推了回去，并且开始起哄。

甄帅看不下去了，跑上前用手中的钢管指着他厉声呵斥：“胡胖子，你快点吧，如果你打败了大哥，今天什么事都没有了；如果你输了，就愿赌服输；如果你他妈的都不敢迎战，那就别怪我甄帅不客气了。”

胖子或许知道已经无路可退，恐惧的眼神慢慢变得凶恶，他弯腰捡起匕首，缓缓地说：“鹿安不愧是鹿安，从来不占别人便宜。好，我接受。”

鹿安嘴角露出冷笑：“少废话，来吧。”

胖子突然发出一声号叫，挥着匕首扑了过来。他刚才口口声声说不敢，但看这架势，半点不敢的意思都没有，完全是想一招置鹿安于死地。

我吓得叫了出来：“小心啊！”

甄帅还是一副轻松的表情，轻轻说：“胖子死定咯！”

果然，鹿安一直没有动，直到胖子近在咫尺，突然腾空一个转身，在空中双腿弹开，右脚用力一伸，然后结结实实地踹在胖子的脸上。胖子惨叫一声，整个人几乎飞了出去，再也没能爬起来。

战斗结束，从头到尾不过两三秒钟，人群又是一阵欢呼。

甄帅眼睛都看直了：“我靠，大哥怎么这么厉害了？不都退出江湖了吗？看来没少练啊！”

鹿安走到胖子面前：“你输了。”

胖子垂头丧气：“我输了。”

“你自己来还是我动手？”

胖子哀求：“大哥，放我一马，求求您了。”

鹿安加重了语气：“到底是你自己来还是我动手？”

胖子突然歇斯底里地大叫：“鹿安，你不是说再也不过问江湖上的事了吗？为什么自食其言？你就不怕道上的兄弟取笑你吗？”

甄帅无奈地摇头：“真他妈磨叽。”

鹿安指着我，一字一字地说：“如果你得罪的是我，道个歉，认个错，也就算了，可你得罪的是她，我不能就这么让你走了。”

“说来说去，还是为了女人。鹿安，你算不得牛×，总有一天你会死在女人手里。”胖子突然狞笑起来，边笑边说，“我自己来，不劳您大驾。”说完捡起地上的匕首，高举着，然后朝着自己大腿根部狠狠扎了进去，最后惨叫一声，再次摔倒在地。

我赶紧闭上眼，不敢再看。

鹿安冷冷地看着几近晕倒的胖子，说：“今天这事就算结了，你要是不服气，我随时奉陪，和别人都没关系。你要是敢出阴招报复，我他妈杀了你！”

我从来没见鹿安这么凶狠过。

鹿安说完，对甄帅吩咐：“快送他去医院吧，医药费都给他出了。”

“放心吧，大哥，我会办得妥妥的。”甄帅示意身边人架起胖子，然后突然大喊，“欢迎大哥重出江湖！”

众人齐声高喊：“欢迎大哥重出江湖！”

鹿安轻轻抬手向众人示意，然后走到我身边，温柔地问：“你还好吧？”

我已经完全吓得呆若木鸡，点点头，又摇摇头。

“没事了，我们走吧。”人群又自动散开，鹿安轻轻拉着我向外走去。

我麻木地跟着他往前走，一步步，一步步，等再次跨过那道铁门，回到人间，背后却是再也回不去的年少。

卢一荻

Chapter

女人复起仇来，魔鬼都害怕

我要报复。
我要让余阮为他的无情付出代价。
我要让他明白，女人复起仇来，连魔鬼都害怕。

—— 卢一荻

1

这个世界上，我喜欢的人不多，讨厌的人不少。

最讨厌的人就是李慧珍、璐宛溪。

前者是我妈，我讨厌她以爱的名义将我带到这个世界上，然后对我放任自流，不负责任；后者是我最好的朋友，我讨厌她以友情的名义将我绑架，然后在我身上各种刷存在感。

我当然不会表现出我很讨厌璐宛溪，否则她肯定会说我狼心狗肺，然后口口声声强调她拿我当最好的朋友。

我得承认这话其实没差，至少表面看来，我们的确是很好的朋友。

可是，有时候存在就是一种伤害。

如果李慧珍不存在，我就不会体验那么多冷眼和嘲笑。

如果璐宛溪不存在，我就不会觉得自己那么差劲和可怜。

她比我纯洁，比我可爱，比我幸福，也比我更有未来。

谁都愿意和一个什么都不如自己的人在一起，这样才有优越感。

无数次我都想和她决裂，各种无理取闹对她大吼大叫，可她根本不生气。不但不生气，反而一次又一次圣母般对我掏心掏肺地说："荻啊，你是我最好的朋友，我们永远不分开好不好？"

不好！

去她的“最好的朋友”，真是够了。

我总是幻想在另一个平行世界，我和她的人生可以对调，让她好好体味我的心塞。

可在这个现实世界里，我只能隐藏所有的自卑和嫉妒，然后微笑着对她说：“好啊，我们永远不分开。”

2

如果说我还有一项过人的特长，那么一定是伪装。

我和璐宛溪认识了整整十年，我也讨厌了她整整十年，可她一点都不知道；非但不知道，还天真地以为我和她一样，视对方为最好的朋友。

唯一的解释只能是我伪装得太好。

其实这没什么难度。我的方法就是永远不拒绝她。她需要我陪的时候，我就出现，反正我也很无聊；她不高兴的时候，我会安慰，反正张口说谎对我而言易如反掌；她喜欢什么小玩意，我就买给她，反正也花不了几个钱；她不喜欢谁，我就跟着骂，反正我也讨厌那些成天晒幸福、秀恩爱的笨蛋。

这样做的后果就是璐宛溪越来越信任我，她把自己所有的秘密都和我分享，甚至把生活费都放到我这里保管。我想如果我愿意，她一定会让我搬到她家里，和她同吃同住，非此不能表达她内心对“最好的朋友”的定义。

她这样的行为在我眼中当然很愚蠢，可是我需要这种愚蠢。事实上，我才没那么无聊，和一个不喜欢的人在一起只是因为缺爱。十年来，我一直忍受璐宛溪其实只有一个原因，那就是我需要“友情”这样一个“背书”，能够让我在学校里看上去和其他同学并无两样，他们有的我也都有，我并不比任何人可怜。

我不知道自己表达清楚没有。这些年来，反反复复强调的就是：我其实已经不是个正常的人了，我的内心早已千疮百孔，我固执地认为我承受了太多不公，我对这个世界有着强烈的偏见，我讨厌很多理所当然的美好，并且根深蒂固地相信一切都会灰飞烟灭。可我又害怕别人发现我的异常，害怕他们用异样的眼光打量我、嘲讽我、伤害我，所以我要拼命伪装。

而璐宛溪就是“我是个正常人”的最大的掩体。

3

我的女朋友只有璐宛溪一个，可男朋友有很多很多，我总是可以轻易开始一段恋爱，但我不爱他们其中的任何一个。

他们的存在同样只是为了证明我也可以很受欢迎，我并不是最卑微的存在。

相比和璐宛溪交往时需要绞尽脑汁，和这些男孩打交道就简单多了。

实践证明，对一个女孩而言，要想吸引异性的目光，怎么都不算困难。

何况我长得并不难看，非但不难看，而且充满了魅惑和欺骗性，因为从外表判断，我应该是那种最乖的小女孩，但我的内心正好完全相反：破碎、极端、不安、邪恶，并且充满了危险。

我当然不会让他们知道我的真面目，我乐意扮演他们内心定义的我，然后在关键时刻稍加引诱，他们便会把持不住。

哈，男女那些事，我很小的时候就全懂，对之简直比伪装还要无师自通。

面对他们的追逐，我从不拒绝，我就是喜欢看到他们为我争风吃醋、装腔作势，像个小丑。

这种丑态会带给我无法言说的快感。

几乎每个男人都会在自以为得到我后便急不可待地提出滚床单，而我会让他们看到希望，却永远无法得逞。

这样他们就会越来越依赖我，各种阿谀奉承讨好我。然后，我在他们最欲罢不能之际，不给任何理由，将他们狠狠抛弃，完成一次爱的轮回。

是的，谈恋爱就是我十八岁前最热衷、最擅长、最有成就感的游戏。

4

我深深地以为自己根本就没有爱的能力，直到我遇见了余阮，一个比我还绝望和邪恶的男人，我终于知道我错了，而且错得很厉害。

是的，我爱余阮，为了他可以连仅有的尊严都不要。

这绝对不是因爱而产生的虚妄之言。

我很了解自己，我这人要么不说，说了就一定要做到；要么不爱，爱了就绝对全力以赴，不计后果，更不留退路。

5

第一次和余阮见面时，我正在K歌。

我最喜欢光着脚在沙发上边蹦边唱，尽情发泄，像个疯子——不，分明就是个疯子——这种疯狂的状态可以让我暂时忘却所有烦恼。

那天陪我唱歌的人是我的第N任男朋友，一个刚认识两三天，没钱、没势、没颜值却很臭屁的小白领。

我唱歌的时候，小白领就一直色眯眯地盯着我的胸，不停地吞口水，好像随时都可能发情扑上来。

这种人我根本不怕，我有一万种办法将他摧垮。

为了让他能忍到买单，我间或会对他风情一笑，给他继续做梦的动力。

两个小时后，小白领实在熬不住了，迫不及待地问我到底什么时候走。

真是搞笑，我根本就不想走好不好？我懒得再理他，自顾自地一首接一首又唱了很多歌，一瓶接一瓶又喝了很多酒。

酒精安慰下，我渐渐觉得自己其实没那么可怜，那些压得我喘不过气的负担开始慢慢变轻，那些不可以原谅的人和事也变得无足轻重。

这个世界就他妈的没有谁离不开谁，也没有谁注定要被谁伤害，不是吗？

就在我的情绪渐渐被点燃时，一个又瘦又高的醉汉突然跌跌撞撞地闯了进来。

6

KTV里这种喝多了走错房间的情况并不少见，可少见的是那醉汉大摇大摆地进来后，竟然很惬意地坐到了我身边，然后更加惬意地喝起我的酒。

我顾不上理会，继续唱我的歌。

小白领不乐意了，他等了一晚上，不想好事被人搅黄。

只是他刚站起来，那个醉汉突然脱掉了上衣。

他的身材其实很健硕，整个前胸文着一条青面獠牙的盘龙，而胳膊上有着数不清的刀疤，昏暗灯光映照下，显得无比凶神恶煞。

小白领甚至没和我打声招呼就吓得逃之夭夭。

“怎么回事？”醉汉很郁闷地看了我一眼，悻悻地说，“我只是太热了，想凉快凉快而已。”

那一瞬间，我们四目相对。

醉汉有着一张苍白、忧郁，却极其帅气的脸庞，他的眼睛很深邃，他的嘴唇很性感。我的心狠狠一颤，原本想把酒瓶砸下去变成了只是将酒倒到了他头上。

“这下该凉快了吧。”我冷笑，“在我生气前，赶紧滚！”

“哈哈，有点意思。”他也笑了，嘴角上扬的弧度特别好看，然后慵懒地说，“小朋友，我给你唱首歌好不好呀？”

“不好！”我白了他一眼，“你才是小朋友。”

7

他当然不会听我的话，而是晃晃悠悠地站了起来，自顾自地点了首名叫《那时年少》的歌，然后冲我懒洋洋地伸了伸手。

奇怪的是，我竟然听话地把话筒递给了他。

更奇怪的是，我竟然心甘情愿地听他唱完了整首歌。

当歌声响起的那一刻，我知道，我的心已经开始沉沦。

“只因那时年少，总把未来想得太好。”

“只因那时年少，爱把承诺说得太早。”

我突然哭了，无可自拔地。

我从没想过一个人唱歌可以那么好听，更没想过一个人可以把歌词完完全全唱进我心底。

而且，这个人竟然就在我身边。

“再给我唱一遍好吗？”歌声停止后，我几乎恳求。

这次轮到他拒绝了：“不好。”

说完，他扬手将话筒扔到了沙发上，然后披上衣服，吹着口哨，摇摇晃晃地向外走去。

我发誓，就连他那懒散的背影都充满了无法言说的吸引力。

“你站住！”我突然大叫，“看得出来你很骄傲，但我知道这些不过是你伪装出来的，你的内心其实又自卑又孤独。”

他果然停了下来，慢慢地回头，眉毛轻轻地挑了挑：“你怎么知道？”

“因为，我也是这种人。”我狠狠地，一字一字地回答。

8

那晚我没有回家，而是一直跟着他。

没有理由，也不害怕，我前所未有地想接近一个人，了解一个人，占有一个人。

哪怕他只是我刚认识不超过十分钟的陌生人。

谢天谢地，他没有再拒绝我。在他那简陋却温馨的小房间里，他弹着吉他，给我唱了一首又一首歌。

首首动情，字字走心。

虽然我一直在哭，但我发誓那是我度过的最开心的一夜。

当旋律停止的那一瞬间，我爱上了他。

是的，这是爱，我确信无疑。

因为这种感觉前所未有，更因为当时我脑海里想到的全是美好，以及“在一起”“不分开”之类我一直嗤之以鼻的字眼。

一个心如死水的人竟然对未来抱有幻想了，不是爱又是什么？

是的，生活就是这么奇妙，你永远无法预料到接下来的一秒钟会发生什么，是喜剧还是悲剧。

命运的转盘上，我们都是提线木偶，伴着“咿咿呀呀”的旋律，上演着人间的悲喜剧。

9

他叫余阮，二十四岁，无业。

这就是我对他的全部了解——已经很多了，不是吗？

认识他的第二天，我就向他表白了。我说："喂！余阮，我喜欢你，我要做你的女朋友。"

他没拒绝，只是不在乎地提醒我，他脾气可不太好。

我说："正好，我的脾气也很坏。"

他继续提醒我，喜欢他的女孩很多，让我做好心理准备。

我说："哈哈，太好了，喜欢我的男人也不少。"

他笑了："看来我们是绝配，谁也不要对谁负责。"

我也笑了："完全正确，你是自由的，我也是。"

就这样，我和余阮很快走到了一起，犹如两只濒临寒冬的蚂蚱，互相取暖，却徒劳无功。

10

虽说我早就知道和余阮这种人谈恋爱会遇到很多麻烦，却没想到和他在一起的每一天都充满了内忧外患。

先说内忧。

他没工作，还好逸恶劳，除了长得帅，歌唱得好，其他简直一无是处。

他爱吹牛，自称"道上的人，江湖上有无数过命的兄弟"，却连个喝酒的人都找不到，只能一个人把自己灌醉。

他还眼高手低，什么事都不稀罕去做，谁都瞧不起，别人在他眼中不是笨蛋就是白痴。

没有收入，他只能靠借钱生活，每天都有上门讨债的债主，无数次被人用刀指着威胁说再不还钱，就卸掉他一条腿。

他简直是我见过的最该活不下去的人，但他对这种活不下去的生活根本不以为然。

非但不以为然，反而挺高兴，仿佛生活本该如此。

只要还有酒喝，只要还能吹牛，那就过一天算一天。至于明天怎么过，根本不在乎。

没有抱负，没有目标，没有责任，没有希望，他什么都没有。

我真担心哪天他会突然死掉，像枯枝，像落叶，变成尘埃，化为粉末，消失在天地间，不留痕迹。

而我们在一起做得最多的根本不是谈情说爱，而是打架。

第一个月我们就打了四次，我断了两根骨头，他也好不到哪里去，半只耳朵差点被我咬掉。

打架的原因很简单：我爱管他，他却永远不会听；不但不听，还对我恶语相向，拳脚相加。

我管他当然是为他好，我让他不要成天游手好闲，胡吃海喝，赶紧找份工作，否则早晚有一天会暴死街头，无人收尸。

他却说对现在的自己简直满意极了，还骂我装圣母，如果真有意见就赶紧滚，滚得越远越好。

我要是还不消停，他就会勃然大怒，说打就打。

我当然不服，更不害怕，他打我一下，我一定要还十下，恨不得和他同归于尽。

非此不能表达我对他炽热的、畸形的爱。

11

是的，他就是个浑蛋，彻头彻尾的浑蛋。

可是我爱这个浑蛋，无可救药地爱。

很快我们在一起的时间就超过了我之前的任何一次恋爱，并且谁都没有说过要分手。

这简直是奇迹。

对他而言，或许只是无所谓。

对我而言，只要还能听他唱歌，只要还能留在他身边，还能看到他的眼睛和微笑，付出什么代价都可以。

我就是喜欢他坏到骨子里，喜欢他对一切都不在乎，喜欢他那么帅的脸庞、绝望的眼神。即使他一穷二白、一无所有、一塌糊涂、一无是处，我还是那么爱他。

我中毒了，他是解药。

或者他是毒药，让我中毒，却无药可解。

12

说完内忧，再说外患。

他说过他有很多女朋友，我以为也是吹牛，但很快就发现，他的话其实很保守。

我们刚在一起没两天就不断有女人找上门来，从十四岁到四十岁都有。

她们口口声声说自己才是余阮的正牌女友，斥责我是无耻小三。她们还声泪俱下地说自己特别爱余阮，离开他活不了，让我把余阮还给她们。

每次我都冷笑着听完，然后点燃一根烟，将火红的烟头死死地按在自己白皙的胳膊上。

空气中立即传来肉被烤焦的刺鼻味道。那一瞬间，我疼得几乎晕倒。

女人们保准立即吓得面如死灰，骂我神经病。

我则咬着牙，笑盈盈地说：“有这么爱吗？没有就快滚。”

很快就没有女人再敢招惹我。

每次余阮都会站在一边事不关己地看着，然后冷冷地说：“卢一荻，你他妈就是个疯子，和我一样的疯子。”

我说：“那必须的，不是一家人，不进一家门嘛。姓余的，我赖上你啦，没人可以从我身边把你抢走，你也休想甩掉我。”

余阮突然掐住我的脖子，恶狠狠地说：“你他妈是在威胁我吗？从来就没人敢威胁老子！”

我拼命挣扎：“我他妈就是在威胁你，我可以容忍你做任何事，但你绝对不能离开我，否则我就杀了你，然后自杀，你知道我一定说到做到。”

余阮的嘴角突然上扬，又露出那邪恶却好看得要命的笑容，然后低头狠狠地吻我，吻得我快要窒息，还用力咬我的嘴唇，咬出血来。

也不知道吻了多久，余阮才放开我，然后大声对我说：“卢一荻，你是这个世界上唯一可以和我媲美的浑蛋。我发现我有点爱上你啦！”

13

就这样，日子在我们莫名其妙的爱、炽热的爱、畸形的爱、暴力的爱、互相折磨的爱中缓缓流逝。

每一天我们都爱得死去活来，每一天我们都过得备受折磨。

如果你也曾绝望地爱过，你一定会明白我在说什么。

而偶尔心平气和的时候，我们也会正常地聊点什么。

比如理想。

真的好讽刺，明明是两个厌恶生活，看不到明天的浑蛋，竟然会探讨这么高尚的话题，还讨论得津津有味。

人生就是这么滑稽。

我说我的理想是逃离李慧珍，去一个陌生的地方，重新做人。在那里，没人知道我的过去，也没人关心我的未来。那样我就能真正解脱，获得自由。至于那个地方，或许远在天涯，或许在水一方，或许是地狱，或许是天堂，这些都不重要，重要的是我能逃离。

余阮说他的理想是成为一个有钱人，也不要太多，一个亿就够了。

说完，我俩同时大笑起来，笑到最后眼泪都出来了，仿佛刚刚听到了世上最可笑的笑话。

“有毛病，你那不是理想，是梦想。不，是幻想。”我边笑边骂，“你就是一臭流氓，成天坐吃等死吹牛×，还想当有钱人，简直太可笑啦！”

“哈哈……是吗？”

“废话，当然是了，我看你是喝酒把脑子喝坏了，痴人说梦说的就是你这种人。”

说完，我们又是一阵狂笑。

可是余阮笑着笑着，突然就不笑了。他眯起眼睛，眼神如刀地看着远方，一字一字地缓缓说：“等我的计划实施后，你就知道到底可不可笑了。”

我从来没有见过他这种表情，立即警惕地问：“什么计划？”

他转头认真地看着我，突然又恢复成嬉皮笑脸的无赖样：“还没想好。”

气得我大骂：“神经病，去死啦！”

14

余阮就是这样，身上永远散发着一种邪性，让你不知道他哪句话是真，哪句话是假，他心中到底又在想什么。

有时候，我觉得就像了解自己一样了解他，有时候又觉得其实我一点都不了解他。

他是那么孤僻，那么遥远，那么可怕。

如果用一种动物来比喻他，那么一定是狼，而且是独来独往的孤狼，你永远不知道它什么时候会发疯，然后对着猎物张开血盆大口，一击毙命。

而我呢？应该是条蛇吧，看上去凶神恶煞，实则脆弱不堪，为了不让别人窥探到我的柔软，所以要伪装得比谁都狠毒。

15

一天，余阮的心情好像很不错，突然说想养只猫。

我下意识地嘲笑：“神经病，你连自己都养不活，还养猫？”

余阮竟然没生气，而是不由分说地骑着摩托载着我到城西的宠物市场。

那几乎是我第一次和余阮“逛街”，我开心极了，紧紧抱住他的腰，对着天空大喊：“我好高兴呀！”

余阮一边骂“别发神经了”一边猛踩油门，吓得我不停地尖叫，用拳头猛捶他的后背。

要是每天都能这样开心，该多好。

宠物市场里有各种各样的猫，我紧紧搂着余阮的胳膊，一蹦一跳地陪他一只一只地看。

自始至终余阮的眼神中都充满了爱怜，嘴角的笑容也变得柔和，那是我从未见过的色彩，让人觉得温暖。

在一只几个月大的棕灰色苏格兰折耳猫前，余阮整整停留了半个小时，就那样无限宠溺地看着，用手指轻轻爱抚着，边爱抚边温柔地“骂”着：“瞅你这小样，是不是没人稀罕了？你想啥呢，信不信我揍你……”

虽然是骂，但我知道这已经是他最深的爱的表达。

那猫也真有眼力见，不停地用脖颈蹭余阮的手，还娇滴滴地“喵喵”叫唤，眼神更是楚楚可怜。

看得我都嫉妒了。

“真漂亮啊！”余阮感慨，“曾经有一个人对我说，如果我想她了，就养一只猫，猫就是她。”

他这句话一下子让我的好心情荡然全无，我没好气地说：“喜欢就买呗，还看什么看？”然后大声问：“老板，多少钱？”

“三千，不讲价。”那个女老板的口气也很难听，估计嫌我们看的时间太长了吧。

我撇撇嘴：“这么贵啊，你还不如去抢银行呢。”

女老板也不乐意了：“你这个小姑娘怎么这么说话？买不起就别看。”

“走吧。”余阮落寞地站了起来。

我还不依不饶想和女老板吵架，对这种势利眼就得以牙还牙。

“快走！”余阮突然发火了，瞪我。

“哦！”我赶紧乖乖地跟着他离开，嘀咕道，“就知道跟我喊。”

往外走的路上，余阮一直阴着脸。我小心翼翼地说：“时间还早，我们再逛会儿吧。”

余阮点燃一根烟，深深吸了两口，语气沮丧地说：“差的瞧不上，好的买不起，看看就行了。”

我想了想，说：“我有钱，我可以买了送给你。”

“算了，就算买下来也养不活。”余阮跨上摩托，对我说，“你说得没错，我确实连自己都养不活。”

我从来没看到过余阮如此颓，那一瞬间真的好心疼。

我刚想上车，被他拦住了，他说他要去喝酒，让我别跟着。

只是摩托车刚启动又停了下来，我以为他反悔了呢，赶紧兴高采烈地迎上去，结果余阮问：“你真的有钱？”

我摇摇头，又点点头。

余阮认真地对我说：“如果你真有钱，就借点给我，等我赚到一个亿后，会加倍还你。”

16

我把所有的钱都给了余阮。

真的是所有的钱，包括我从小到大的压岁钱，甚至璐宛溪放在我这里保管的生活费，我统统拿了出来。

我其实并不缺钱，因为李慧珍会给我很多钱，这是她对我表达她所谓的爱的最简单、最直接的方式，仿佛这样就可以弥补她良心的不安。

她不知道，她越是认为钱可以摆平一切，我就越讨厌她。

她更不知道，我有今天的多疑、自卑甚至厌世，都是她一手造成的。

我一点都不心疼钱，我只在乎余阮高不高兴。

是的，我依然幻想着可以拯救他，虽然我也知道，这种方法无疑是饮鸩止渴。

可是我已经无法自拔，我看不得他受一点点委屈。

穷困，就是他现在最大的敌人。

余阮对我竟然有这么多钱显然感到很意外，他不怀好意地打量我：“你从哪里搞来这么多钱？”

“拿去花就是了，别管那么多。”

“我知道了，你肯定去找其他男人了。”

“滚！”

“没关系，只要你能给老子搞到钱，你尽管去找，我不在乎。”

“我在乎。”我把钱砸向余阮，“去死吧你！”

“开玩笑啦！”他一把接过，然后在我脸上清脆地吻了一口，“媳妇儿你真棒。”

天哪！他竟然叫我媳妇儿了，这简直是我听过的最动人的话语，我立即心花怒放，感觉自己要飞起来了。

而为了这一句媳妇儿，我决定向李慧珍要更多钱，反正她说过她的一切早晚都是我的，既然这样，那我就早一点把我的东西拿过来。

17

虽然我对李慧珍意见多多，并且认为她是一个愚蠢的女人，但我必须承认她确实很有赚钱的天赋，虽然和那个男人离婚后她净身出户，可依靠短短几年的打拼，她很快就恢复了元气，甚至赚了比之前更多的钱。

至于那个男人，或许因为太容易得到财富，以为赚钱是件很容易的事，到处祸害，加上吸毒，很快就败光了所有钱，倾家荡产。如果不是李慧珍可怜他，每个月给他生活费，估计他早就活活饿死了吧。

我责问李慧珍为什么还要救济那个负心汉，为什么不让他活活饿死。

李慧珍什么都没解释，只是说：“他毕竟是你爸。”

看，这就是我最讨厌李慧珍的一点，明明憋屈难受，还装作高风亮节，总是找各种理由麻痹自己。

如果是我，我不但不会给那个渣男一分钱，而且见一次骂一次，让他薄情寡义、狼心狗肺。

所有背叛我的人，都得去死。

18

对于我的狮子大开口，李慧珍一开始还有求必应，慢慢就变得谨慎起来，问我为什么突然要那么多钱，还有为什么最近老不回家，一天到晚在外面鬼混什么。

我没好气地说："你除了给我钱，其他什么都不要问，我是死是活你也管不着，就当没我这个女儿，因为我从来也没当有你这个妈。"

不知道为什么，面对李慧珍，我总是能用最恶毒的语言来攻击她，看到她无奈、抓狂、伤心、痛苦的样子，仿佛就是对她最好的报复。

李慧珍果然被我激怒了，竟然抬手打了我一耳光，然后像泼妇一样对我辱骂："别以为我不知道你在外面干了什么事，我的脸都被你丢尽了，你身为一个女孩要自爱！"

虽然李慧珍向来对我不管不顾，却从来没打过我。那一瞬间，我彻底蒙了，但我还是倔强地昂着头，不让眼泪掉下来，嘴上冷笑着说："我很爱我自己啊。"

李慧珍依然怒不可遏："一天到晚就知道问我要钱，你还有没有点良心？你以为我的钱是天上掉下来的吗？我以后就算把钱烧掉，也不给你！"

"够啦！"我也濒临崩溃，对她大喊回去，"我就是喜欢你的钱怎么了？我就是没有良心怎么了？你除了给我钱，还给我什么了？你知道我有什么爱好吗？我的理想是什么吗？我害怕什么吗？你不知道，你除了知道给我钱，并且以此掩饰你的不负责任，其他你一无所知。"

时空仿佛凝滞，李慧珍似乎还想回击，可是脸部的肌肉僵硬地动了动，最终还是没有说出话来，除了眼泪是自由的。

我不想再在这个令人窒息的地方停留一秒，捂着嘴往外跑。李慧珍紧紧地从身后抱住我，哭着向我道歉，说最近生意上压力太大，让我原谅她。

我说你不要给我道歉，我的命是你给的，最好你现在把我杀了，这样我们就互不相欠。

李慧珍哭得更厉害了，对着天喊："为什么会这样？我到底作了什么孽？"

从头到尾我都无动于衷，冷冷地看着她。我想这个女人真是白活了四十多年，这有什么想不通的呢？年少时她不顾一切离家出走，跟着那游手好闲的浑蛋男人私奔就是最大的孽；在根本没有准备好的时候把我生下来就是更大的孽。她是如此愚蠢，活该最后被男人抛弃，被女儿嫌弃。

是的，她是我见过的最失败、最可笑、愚昧至极的女人。

19

一天上午，我把好不容易要过来的钱统统给了余阮后，他的心情变得很不错，竟然破天荒地要请我吃饭。

我们到楼下点了两个热气腾腾的砂锅，一起"呼噜呼噜"吃得震天响。

雾气缭绕间，我看到余阮对我温情一笑，说："拜托，你声音能不能小点？都不像个女孩。"

我说："不能。"然后故意把咂嘴声弄得更大。

余阮拿我没办法，只得埋头继续喝汤。

末了，还不忘把仅有的一个鹌鹑蛋往我碗里夹。

那简直是我吃过的最美味的一顿饭。

吃完后，余阮一边打着饱嗝一边美滋滋地点燃一根烟，眯起眼睛靠在墙上，懒洋洋地说："舒服哦。"

看他开心我就跟着开心，我情不自禁地在他脸上狠狠亲了一口。我说："你要是喜欢，我们每天都来吃，好不好？"

余阮惬意地吐出一口长长的烟，点头道："可以啊，其实平平淡淡过日子也挺好。"

我又习惯性地嘲讽他："拉倒吧，说得好像你不平凡一样。"

余阮没反驳，而是继续感慨："不过这种生活并不适合我。"

看他兴致颇高，我赶紧问："那你到底想要过什么样的生活啊？"

他没直接回答，而是反问："你觉得现在像我这样的人多不多？"

"当然不多了，你是唯一的。"

"不，其实很多。甭说全国了，就我们这个小城，至少有几千人和我一样，没有钱，没有工作，没有背景，也没什么希望，就浑浑噩噩地活着，像行尸走肉一样。"

我终于明白他的话的意思了，所以没有打断，继续安静地听他讲述："我其实也想不通怎么就会变成现在这个样子，记得小时候我也梦想过长大后可以有所作为，成就一番事业，孝敬母亲。可是仿佛眨眼之间，一切就全部崩塌，想想还真是可怕。

"不过我和那些人不同的是，我是不会认命的，我心里一直有着强烈的信念，那就是总有一天我会变得很牛×，所有嘲笑过我的人都会为他们的愚蠢而后悔莫及。

"正是这个信念支撑我活了下来，并且走到了现在。你说过我受过很多苦，一点都没错。八年前的大年三十，我从老家开始逃亡，从最北到最南，一路流浪。每天醒来睁开眼，首先想到的就是今天到哪里找吃的，仿佛每天都有可能活活饿死……唉，这些年我受的苦是所有人都想不到也不敢想象的，就算是我自己，也不见得有重来一遍的勇气，真的太熬人了。”

余阮说着说着，突然就不说了。他又点燃一根烟，狠狠地抽着，陷入了沉思。

我真的见不得他这样感伤，赶紧打岔：“亲爱的，今天的你好像个哲学家。不，诗人。”

“哈，你还别说，我上小学时还真想过当诗人，我写的诗还被贴到学校的橱窗里呢。你不提，我都给忘了。”

余阮说这些话的时候，竟然有点羞涩地笑了起来，像个孩子。

他的家人都在哪里？为什么他会逃亡？岁月的刻刀究竟怎样才将他雕刻成现在这副模样？

我有好多好多疑问，可是我知道我不能明目张胆地问，他是那样警惕、敏感、善变，以我对他的了解，如果我表现得太想知道，结果只会适得其反。

所以，我故意顺着他的话老气横秋地说：“其实造成今天这个局面不是你的问题，有问题的是这个时代。”

余阮果然立即好奇地看着我。

我被他看得有点慌乱，只能接着掉书袋：“现在经济很不好，好多工厂都倒闭了，大家仿佛都没了方向——哎呀，我其实也不太懂，都是听新闻上说的。”

“你确实不懂，你说的这些都很表面。”余阮听了直摇头，“这个社会有那么值得去批判吗？抱怨能解决任何问题吗？没有用的，我命由我不由他，无论痛苦还是幸福，一切其实都是自己的选择。”

余阮的话让我无言作答，如果不是亲眼所见，打死我都不相信这个不学无术、一无是处的混混竟然可以说出如此深奥的话。

看来我果然不了解他，也说明他真的太多面、太复杂。可心中随之而来一份窃喜：看，我爱的男人，他是如此与众不同。

我赶紧小心翼翼地问："那你将来打算怎么办呢？总不能一直不工作吧。"

余阮竟然点头："反正我是绝对不可能按部就班、朝九晚五地上班的。"

"你是怕累吗？不是所有工作都辛苦的，比如你可以开家小店，自己当老板什么的。"

"我当然不怕辛苦，我只是怕等不及，更怕不值得。"余阮目光炯炯地对我说，"你记住了，和平年代，对于一穷二白的我们，如果想靠老老实实上班来完成原始资金的积累，那是永远没有机会的。不要说别的，光一个房价就能压死你。"

我边听边点头，余阮说得确实在理："那可怎么办呢？"

"你还记得我说过想赚多少钱吗？"

"当然了，你说你想赚一个亿。"

"没错，一个亿，虽然不算多，但也真的需要好好琢磨琢磨。"余阮边说边用手指头在桌子上轻轻敲着，眼神也变得空洞起来，仿佛陷入了沉思。

而我们的谈话也随之无疾而终。那是我们相处以来最平和、最温馨的一次对话，对此我已经心满意足。虽然随后的生活发生了天翻地覆的变化，但那天所有温暖的言语、甜蜜的表情，都已经深深烙进我的心田，永不磨灭。

20

那次深聊后，余阮开始不那么酗酒了，有事没事总会拿出一支笔，在纸上涂画着什么，很快就密密麻麻地写了一大本。

我调侃他是不是想当作家了，余阮竟然说："我看行。"

有一天，我去找他玩，他老僧入定般地坐在桌子前，不过没在写东西，而是把玩着一把开过刃的蝴蝶刀。

我拍他的肩膀，大声说："嘿，你干吗呢？"

余阮手一挥，刀尖就抵在了我的喉咙前，最多只差一厘米，我就会被割喉，血溅当场。

我吓得魂飞魄散，尖叫道："你他妈想干吗呀？"

余阮没回答，手腕用力一甩，刀就直挺挺地扎进了几米外的窗框。

"怎么样，快不快？"他得意地问。

"快！"

"我手快还是刀快？"

"都快。"

余阮心满意足地点了点头："很好。"

"神经病。"我情不自禁地用拳头捶他，"你吓死我了。"

余阮面露鄙夷，冷笑："我还真以为你什么都不怕呢。"

我嘴硬："我当然不怕了，刚才只是担心你会误伤自己而已，不相信你再来一次。"

余阮懒得搭理我，起身走到窗户前，用力拔出刀，继续认真把玩。

我跟了过去，从背后紧紧抱住他："亲爱的，你怎么突然玩起刀来了？"

"我一直都玩刀。"

"我怎么不知道？"

"你不知道的还有很多。"

"比如呢？"

"我杀过人。"他边说边笑嘻嘻地看着我，可眼神一点都不像开玩笑的样子。

我突然说不出话来了，不管他的话是真是假，我必须承认，眼前这个人越来越让我觉得陌生。

如此沉默了片刻，余阮突然问我："你知不知道有一个叫鹿安的人？"

为了掩饰内心的尴尬，我调侃说不认识，我只知道鹿晗。

余阮又不说话了，他的手腕突然急剧翻动，蝴蝶刀立即在手指间灵活地翻滚，仿佛活了一样，看得我眼花缭乱。就算再无知，我也知道没有五年，绝对练不到这个程度。

等他停下来后，我情不自禁地鼓起掌来："真厉害！"

随着一个漂亮的手势，余阮收起刀，又恢复成平时的懒散样，四仰八叉地躺到床上，对我说："我渴了。"

我赶紧给他倒水，然后装作漫不经心地问："你刚才说的那个鹿安是干吗的呀，是你哥们吗？"

余阮摇头，说鹿安是他最讨厌的人。

"哦！"我又问，"你一定很想揍他咯？"

余阮继续摇头，目露凶光，狠狠地说："我想杀了他！"

我心一惊，却故作老成："那他一定得罪你了。"

余阮还是摇头："他根本不认识我。"

我彻底蒙了，不知道还能问什么。

幸好余阮并没有在意，他似乎在自言自语："你有没有想过，有的人存在了，对你就是一种伤害？"

我点头，说我太懂了。

余阮突然笑了，眼神中又散发出那浓郁的邪气，然后看着我一字一字地说："只要我杀了鹿安，我就能赚到一个亿。"

21

我开始打听这个鹿安究竟是谁，这对我而言并不是太难的事。

很快我便有了一些线索：鹿安也是个混社会的，不过并不像其他混混一样不务正业，他开着一家奶茶店，就在璐宛溪的学校附近，听说生意非常不错。我曾装作顾客进去消费过，店里的布置很文艺，装修也特别高档，和一般的奶茶店简直大相径庭，给人的感觉就是店主人很有钱，而且很大气。当时店里没有客人，只有一个眉清目秀的阳光大男孩在柜台前干活，应该是个伙计。

我要了杯奶茶，然后边喝边和那伙计唠家常。我说你们家的奶茶味道还真是不错呢，你们老板叫鹿安吧，他人呢？阳光男孩说谢谢夸奖，我就是。

我强忍着内心的波澜，继续装作若无其事和鹿安有一搭没一搭地闲聊天。自始至终鹿安都非常温和，身上毫无戾气，感觉就像个大哥哥一样亲切，真不知道余阮为什么要杀这个人，更不明白所谓杀了他就能赚到一个亿从何谈起，或许只是他酒后胡言罢了，亏我还当真了。

对了，那天看到鹿安，我还产生了一种奇怪的感觉，那就是他和璐宛溪很像。这种感觉毫无来由，却根深蒂固。如果物以类聚，人以群分的话，那么他们应该属于同类。

22

我当然不会告诉余阮我已经偷偷见过鹿安了，不过之后我总是有意无意和他提起这个人。

余阮不但没生疑，反而挺乐意和我分享关于鹿安的一些事。

余阮说鹿安绝对深藏不露，外表人畜无害，其实是个特别厉害的狠角色，放眼全市成百上千个混混、流氓，就数他最牛×。

心高气傲的余阮能如此说一个人，实属难得。

我故意不忿："切，能有多厉害啊？刀也砍不死吗？"

余阮眉毛一挑："当然能砍死，不过你得有机会去砍他，并且确保在砍他之前不被先砍死。"

我叹了口气："好吧，既然他这么厉害，你还能杀了他吗？"

我以为余阮肯定会说没问题，结果他想也没想就回答："不能。"

我又叹了口气："那怎么办？"

"等！"

"等？"

"是的，等。"余阮若有所思地缓缓说，"再厉害的人也会有破绽，所以我在等一个机会。"

"什么机会？"

"等他爱上一个人。"

"不明白。"

"任何人，不管他多冷静、多强大，只要他爱上了一个人，就会变得在乎，就会紧张，就会有缺陷，就会犯错误，而有些错误会很致命。"

我点头："原来如此，所以你……"

余阮果然点头："所以我从来都不爱。"

我追问："是曾经爱而不得过吧？"

余阮没说话，算是承认。

我强忍着心酸："要让鹿安爱上一个人应该不难吧，只要他是个正常的男人。"

余阮摇头："不，非常难，简直比拿刀砍死他还难。"

"哈，要不要我试试？"

“不用了，鹿安无论如何都不会喜欢上你这种女人的。”

“讨厌，我哪种女人啊！”我故意装作无所谓，“看来你真的很了解他哦。”

“当然，我不认为这个世界上还有人比我更了解他。”

“那他了解你吗？”

“没有人会愿意了解一个醉鬼，也没有人会提防一个醉鬼。”余阮说着说着，又露出他标志性的邪恶笑容，“所以我一定能杀了他。”

23

随着余阮和我交流的内容越来越私密，我坚定不移地认为我们的感情得到了前所未有的夯实。

与此同时，我能确定的是，我对他的爱已经深入骨髓，融入灵魂。

所以，在我们一起走过八十三天后，我做出了人生中最重要的一个决定：把自己的第一次给他。

这是我曾经无比怀疑，现在却心甘情愿的事，我用了整整八十三天来确定这件事绝对值得去做，无论发生什么样的后果。

对此我虽然没有经验，但知道要采取措施。

余阮却说：“我从没那个习惯。”

他说得如此笃定，以至于我根本无法拒绝。

事实上，那一瞬间，我什么想法都没有，没有恐惧，没有迟疑，没有快乐，没有激动；我麻木不仁，我无动于衷，我心如止水，我魂不守舍。我仿佛看到了故乡，回到了童年，父母无止境的争吵，各种污言秽语的互相攻击，让人害怕战栗的家暴，外人不怀好意的嘲笑，每天都度日如年，如丧考妣。没有光明，没有未来，没有欢歌笑语，没有幸福美满，天地一片昏暗，我如同绞刑台上的死囚，绝望地等待着死神的召唤。

那一瞬间，我放下所有抵抗，卸掉所有伪装，重新变成了那个脆弱、无助、痛苦、挣扎的人。

那才是真实的我。

余阮抹干我的泪水：“很疼？”

我喉咙里发出微微的呻吟声，点点头，又摇摇头，紧咬嘴唇。

余阮没有因为我的泪水变得更温柔，而是说：“疼也不要说，忍一忍就过去了。”

是的，要做不要说，没有人关心你是不是痛苦，就像没有人在乎你是不是幸福。

24

风平浪静后，余阮点了根烟，漠然地看着我双腿间的猩红，语气微微惊讶：“真想不到，你竟然还是处女？”

“假的，刚做的修复手术。”我迅速穿好衣服，装作无所谓，“所以不会要你负责的。”

“你想多了，就算是真的，我也不会负责。”

“去死！”我将身边所有能砸的东西都砸向他。

他轻松避开，然后伸了个懒腰，说要出去办点事。

我求他不要走，再抱抱我。

他拒绝了。

我让他滚，永远都不要再回来。

余阮走后，我孤零零地躺在床上，泪水汹涌而出。虽然我不后悔，可是真的很难受。我突然好想找一个人说话，否则我会郁闷到死掉。

除了璐宛溪，我不知道还能找谁。

我立即给她打电话，告诉她我把第一次给了余阮。

可笑的是，这个傻丫头竟然没听懂，不过她还是很高兴地陪着我一起开心，虽然那只是我伪装出来的开心。

是的，我又开始伪装了，那只说明，我的内心变得更痛。

我当然不会让璐宛溪察觉出我并不快乐，我只会告诉她我有多爱余阮，我想嫁给他，给他生小孩，仿佛那样我的爱就真的能美好起来。

璐宛溪一直很真心地听着，不管我说的话多么幼稚可笑，她都认真赞同着，简直比我还要兴奋。

慢慢地，我没有那么难受了，对于和余阮的未来又开始充满幻想，甚至觉得之前的不快都是假象。

那一瞬间，我突然觉得所谓的友情其实并非一无所用，而璐宛溪也不像以前那样让我厌恶。

生平第一次，我天真地问她："七七，你真的会永远陪着我吗？"

"当然会啊！"她斩钉截铁地，和往常一样傻傻地，没心没肺地回答。

"无论发生什么事都不会离开我吗？"

"嗯，不管何时何地，我都会永远在你身边。"

25

有了第一次就有第二次，有了第二次，就有很多次。

我越来越离不开余阮，原来只是周末去他那里，后来变得每天放学后都要过去，再后来宁可逃课也要去。

没什么比和余阮在一起更重要。

原来我们在一起时要么唱歌，要么闲聊天，要么什么都不做，就待着，白白浪费光阴。

现在我们一见面就上床，永无止境的那种。累了就睡觉，醒来后继续。

我是那么喜欢余阮，可只有在床上时，我才能感受到他的真实存在：那宽厚有力的肩膀散发出的浓郁的荷尔蒙气息，额头滴落的汗水，还有各种匪夷所思的体位，统统让我着迷。而我会紧紧抱住他，抓他，咬他，恨不得将他生生吞噬，融入我的身体，从此永不分离。

虚无的、真实的、疼痛的、幸福的、完整的、撕裂的、混乱的、畸形的，这就是十九岁那年夏天我全部的爱的缩写。

没有谁会对谁负责，也不要为诺言所羁绊。

我以为这种爱会持续很久，持续到我毕业，持续到有一天我可以推翻一切，重建一切，把控一切。

可是，我等不到那一天了。

因为，我怀孕了。

26

我怀孕了，就像任何一本烂大街的言情小说里写的那样，我他妈竟然怀孕了。

毫无预兆，却又宿命难逃。

挣扎了很久，还是决定告诉余阮。我是说过不需要他负责，但还是希望他能够关心我，甚至祈祷他要求我把孩子生下来。

不是说男人有了孩子后才会真正长大吗？说不定他有了孩子，就会振作精神重新做人了呢？说不定他有了孩子，就会变得负责任有担当了呢？说不定他有了孩子，就会重获爱的能力了呢？

至于我，虽然还是学生，但那并不是问题，我随时可以退学，也可以离家出走。我可以和余阮一起远走高飞，到一个没有人认识的地方，男耕女织，田园牧歌。

这个想法让我兴奋不已。

只是我美好的幻想很快就被现实无情打脸。当我告诉余阮我怀孕了时，他甚至连手中的酒瓶都没放下，只是从喉咙里发出一声“哦”。

我傻傻地站在一边，直到他将瓶中酒喝完，然后又说了一遍：“我怀孕了。”

“知道了，这没什么大不了的，做掉就行。”他又开了瓶酒，“总不见得要生下来吧。”

我强忍住泪水，点头。

“神经病，你脑子进水了吗？”他突然变得歇斯底里，将酒瓶狠狠地砸在地上，对我咆哮，“你他妈早不怀孕晚不怀孕，现在突然怀孕，你知不知道会坏我多少事？”

我唯唯诺诺，仿佛真做错了什么：“我不是故意的。”

“我看你就是故意的。”他边骂骂咧咧，边烦躁不安地在房间里走来走去，“你有那么多男人，你敢说你知道怀的到底是哪个男人的种？”

“你是畜生！”我瞬间崩溃，哀号着像野兽一样扑向余阮，抓扯他的头发，“你可以怀疑一切，但不能怀疑这个，绝对不可以！”

“真是够了，我怎么会招惹上你这种不要脸的女人！”他用力将我推开，“或许你只是想问我要点钱，但我没钱，一分钱都没有。”

我重重地摔倒在地，号啕大哭，我怎么也没想到会是这样的局面。我明明被伤害了，却怨不得谁，有今天完全是我自作自受。

我真该死，即使千刀万剐，也无法洗刷我的耻辱和罪过。

27

手术是璐宛溪陪我去做的，她想方设法凑足了钱，陪我到很远的医院，然后跑上跑下忙活了大半天，全程对我无比呵护。我清晰地记得麻醉前我最后一眼看到的是她，等我醒过来，第一个看到的人还是她。

术后休息时，她很心疼地将我拥在怀里，让我发誓，不要再伤害自己，也不要再让别人伤害我。

或许是因为当时我太脆弱了，或许是因为我真的被她感动了，对于她的关心和叮嘱，我统统接受。

甚至，我还主动告诉了她我那残缺的家庭、破碎的童年，还有不堪回首的成长。

我告诉她我没有一个完整的家，从有记忆开始，我的父母每天都在打架，家里永远乌烟瘴气，我在恐惧、痛苦中煎熬长大。

我说七七，你知道家暴吗？你见过家暴吗？那个无能的男人，将怒火发泄到自己的女人身上，用拳，用脚，用膝盖，打，踹，拖。女人骂，男人打，我在哭，整个世界是那么可怕，那么让人窒息，窒息到绝望。

我告诉她在我八岁那一年，那个负心的男人有了外遇，还明目张胆地把小三带回家，我的妈妈李慧珍气得当场要跳楼，是我把她从阳台栏杆上拉回来的，我们母女俩倒在地上抱头痛哭，那是我记忆中最黑暗的一幕。

我告诉她自从他们离婚后，李慧珍把所有钱都给了那个渣男，然后没日没夜地干活赚钱，我的世界变成了一个人，没有人管，没有人爱，有的只是邻居无止境的议论和嘲笑，我的童年充满了自卑和愤怒。

我告诉她我是多么孤独无助。可是我害怕别人瞧不起，更害怕别人的怜悯和同情，所以还要拼命装作很幸福，我真的好累。

我还说了很多很多，本来我以为我永远不会对任何人诉说这些深埋心底的伤口。

可是那一瞬间，我是如此相信这个人，相信我们之间风雨飘摇的友情。

我甚至衷心对她祝福，希望她永远不要像我一样受伤。

虽然我知道，当一切云淡风轻，嫉妒将会再次充满我的胸腔，一切又会变得和从前一样。

28

是的，信息爆炸的当下，一切貌似都在改变，可本质上什么都不会变。

有句老话叫“好了伤疤忘了疼”，说的就是我这种人。

当然，你也可以用“犯贱”“婊”来形容我，我根本不在乎，我只在乎能否回到余阮身边。

当我的身体不再疼痛，我大脑里的所有空间再次被余阮填满。

对他的思念让我抓狂，让我对他的恨意荡然无存，剩下的只有绵绵不断的爱。

虽然我们并没有说分手，但我已经有一段时间没去他那里了，甚至没有和他联系过。

当然，他是绝对不会主动找我的，摆脱我的纠缠对他而言应该求之不得吧。

在这场支离破碎的爱中，我是彻彻底底的输家。

可现在我顾不上那么多了，我只想见他，和他重归于好，哪怕他依旧不负责任，依旧对我忽冷忽热，依旧伤害我、折磨我，我都不在乎。

说不定他只是从来没遇到过那种情况，所以被吓到了呢？说不定他后来后悔了呢？说不定他现在也特想见我呢？他那么敏感，还小心眼，当然不可能主动认错，说不定每天都在家等我主动和好呢。

很多年后，我终于明白女人在恋爱中最大的愚蠢就是永远都在替对方找借口。

然而回到当时，我根本无暇思考，反而越想越兴奋，真想立即回到他身边，一分钟都不能等。

29

我永远忘不了那个风和日丽的下午，我把自己打扮得漂漂亮亮的，还特地到宠物市场把那只折耳猫买了下来，然后高高兴兴地吹着口哨推开他的家门。

我幻想着见到他的瞬间就骑到他身上，然后狠狠地亲他两口，告诉他我是多么想念他，过去的不开心我全都放下了，我要和他重新开始好好恋爱。

可是，就像最烂俗的小说里描写的那样，我看到的只是一对正在交配的裸体男女。

和那些小说里不一样的是，我没有尖叫，也没有痛哭，更没有摔门而去，而是静静地在一边坐了下来，看着眼前的一切。

和那些小说里不一样的还有，床上的奸夫淫妇并没有惊慌失措——女的用被子遮挡自己肮脏的身体，男的跳起来不停地解释——统统没有，他们明明都看到了我，却依旧旁若无人地继续翻滚着、呻吟着，空气中弥漫着令人作呕的腥臭。

我整整看了十分钟，他们都没有停止的意思。

仿佛我的存在可以让他们更加欢愉，我成了他们的催情药。

我觉得他们真是太过分了，如果我再这样无动于衷，我他妈就不是卢一荻了。

所以，我决定小小惩罚他们一下。我掏出打火机，开始点燃所有能点燃的地方。

我真的没打算虚张声势，只不过想和他们同归于尽。

死亡，是那时我脑中唯一的念头。

余阮终于从床上冲了下来，一巴掌打掉我手里的打火机，又狠狠给了我一耳光，破口大骂：“卢一荻，你他妈疯了吗？”

我毫不避让，也不和他吵架，只是捡起打火机，继续烧。

余阮干脆一脚把我踹倒，然后将打火机跺得粉碎。

小猫吓得尖叫，在囚笼里拼命挣扎着想跑。

肚子好疼，我爬不起来，只能用眼睛死死地瞪着他，浑身急剧颤抖着。

那个女人也从床上下来了，从背后紧紧抱着余阮，装作惊慌失措地问：“老公，她谁啊？怎么这么可怕！”

余阮推开她，骂道：“滚！”

那个女人立即乖乖地穿上衣服，拎起包，从我身上跨了过去。我能看到她的眼神里没有一丝恐惧，只有胜利的扬扬得意。

房间里只剩下我们两个人，余阮点燃一根烟，狠狠地抽着，不看我。

我挣扎着爬起来，走到他面前，咬着牙，温柔地说：“亲爱的，我想你了。”

“你还回来干吗？”余阮依然不看我。

我近乎乞求地继续说：“我可以给你很多很多钱，你带我离开这里吧，我们找个没有人认识的地方，重新开始好不好？”

余阮突然将烟蒂扔到地上，狠狠踢碎，冷冷地对我说：“你走吧。”

我再也控制不住，歇斯底里地咆哮起来：“我不走！我怕走了就再也见不到你了。”

他也咆哮：“我他妈不是什么好人，我不值得你这样对我！”

我疯狂摇头：“我不管，我就想问你一句，从头到尾，你有没有一点喜欢我？”

我死死地看着他，努力从他的眼神中觅得一丝肯定的讯息。

可是我找不到。

余阮长叹了口气，然后对着我一字一字地说：“卢一荻，你听好了，我他妈从来就没有喜欢过你，从来都没有。”

我缓缓点头，眼泪终于不受控制地涌了出来。

“你除了能给我钱，对我而言一无是处。”

“在我眼里，你和其他女人一样，只是我逢场作戏的玩具。”

够了，真的够了。

我擦干眼泪，将身上所有的钱都掏了出来，整理好后放到他的床头，然后将凌乱的被子叠好，将油腻的碗筷洗干净，将东倒西歪的桌椅扶正，就像我做过无数次的那样将他的房间收拾干净。然后，我走到他面前，深深地亲吻他的脸颊，认真地对他说：“知道吗？你是第二个伤害我的男人，我一定会让你付出代价，你知道我的性格，我要么不说，说到就一定做到。所以，你等着。”

30

是的，我要报复。

我要让余阮为他的无情付出代价。我要让他明白，女人复起仇来，连魔鬼都害怕。

爱你，是本能；离开，是命运。

陶梦茹

Chapter

多余的世界，
多余的我

我满意地闭上了眼睛，仿佛看到了天堂，
那里鲜花怒放，鸟语花香；
那里没有暴力，没有侮辱，没有人间所有的丑陋。
再见了，所有的痛苦和卑微，此时此刻，全都一笔勾销。

——陶梦茹

1

我看过很多暗恋的故事，我最喜欢看暗恋的故事，因为我就是一个暗恋者。

故事里说，最残酷的暗恋莫过于从头到尾，那个人都不知道你喜欢他。

可我要说，更残酷的暗恋应该是从头到尾，那个人根本不知道你是谁。

我决定成为这样的暗恋者。

我喜欢崇礼，我要他根本不知道世上有我这个人，直到我死亡。

想做到这一点并不难，因为我的生命只有二十年。

我患有很严重的先天性心脏病，死亡是我的人生绕不过去的主题，每一天都可能成为我的祭日。

四岁，我做了第一次开胸手术，冰冷锋利的手术刀从胸前切进去，鲜红的血液涌出来，一些东西被取出，一些东西塞进去，然后缝缝补补。

医生说我最多活到十岁。

十岁，我做了第二次手术，医生也改了判词，说我最多能活到二十岁。

现在我十九岁，还有一年的时间好好暗恋。

有些残酷到了极致，就变成了美。

2

我不知道一个人身世可怜，究竟可以可怜到什么地步。

如果这个世界上真有一项“最可怜的出身”比赛，我一定是当之无愧的第一名。

在我来到人间前三年，我的母亲以每年失去一个的速度连续失去了三个孩子，基本上都是出生后不超过两个月就会夭折，都是因为先天性心脏病。

我是第四个，同样身患这种可怕的疾病而来。

所以，我从出生那一刻起就在等待死亡。

然而，我比我那些从未谋面的哥哥姐姐要幸运，我那颗随时会戛然而止的小心脏一直顽强地搏动着，虽然微弱，却足够让我活下来，尽管是活在生与死的边缘，恐惧、疼痛、无助、绝望从未远离我。

这当然不是我的悲剧的全部。

三岁那年，我的父母离婚了，准确地说，是我和妈妈被抛弃了。妈妈改嫁到了一百公里外的小镇上，那里四面环山，信息闭塞，妈妈以为在那里可以重新开始生活。

我的后爸是一个没有文化、脾气暴躁、成天只知道酗酒打女人的鳏夫。贫穷是这个重组之家最大的特色。妈妈嫁过去后没过上一天好日子，成天挨打受气不说，还要承担起养家糊口的重任。每天凌晨，她都要披星戴月地步行五公里到一家纸盒厂做纸盒，一千个纸盒可以换回十块钱。妈妈每天至少要工作十个小时，回家的时候已经暮色四合，她就在山里深一脚浅一脚地走着，摔倒，爬起来，再摔倒。

妈妈从来不抱怨，妈妈说，这就是命。

妈妈还说，老天爷要收你，我不让，所有的罪，我来扛。

3

妈妈不在的时候，就是我最恐惧的时候。

因为那个鳏夫一直对我心怀憎恨，一直想杀死我，我说得绝对没错。

不止一次他在醉酒后指着我大骂："破烂玩意，既然你活不了多久，为什么不立即去死？还能省点老子的医药费！"

我是如此害怕且厌恶这个男人，可有时候觉得他说的也不无道理。

我们家已经如此贫穷，妈妈已经这么辛苦，还要把钱从牙缝里省出来给我买药，以及准备到省城给我做手术。妈妈所有的隐忍、委屈、付出，全都是为了我。而一切的努力，根本无望。

十岁也好，二十岁也罢，其实没差别。

所以，是我拖累了我妈。

鳏夫说得没错，既然早晚都得死，就不要去害别人。

所以，从三岁开始，我就无数次想着自杀。我至少知道一百种杀死自己的方法。

在一次挨打后，我陷入了深深的绝望中，我选择了割腕，用的是除草的镰刀。我不顾一切地在手腕上狠狠割了下去，鲜血立即涌了出来，身体很快冰冷麻木。我抱着我唯一的布偶娃娃，静静地躺在草地上，感觉灵魂慢慢被掏空，眼前的世界渐渐恍惚起来。我满意地闭上了眼睛，仿佛看到了天堂，那里鲜花怒放，鸟语花香；那里没有暴力，没有侮辱，没有恐吓，没有人间所有的丑陋。

再见了，所有的痛苦和卑微，此时此刻，全都一笔勾销。

4

可是，我没能如愿死去，醒来时，我躺在镇上的私人诊所里，妈妈疯了一样在我身边哭泣，那个男人站在她身后一声不吭地抽着烟，眼里写满了愤恨。

妈妈说如果我死了，她也活不下去了，她这么多年的努力和坚持就真的愚蠢至极了，那些对她的中伤、污蔑、侮辱、怒骂就全部成立了。

我从来没见她哭得如此伤心，也从来没听过她如此袒露自己的内心。

我突然意识到，就这样不顾一切地死去是多么自私。即使我对人间没有丝毫留恋，可为了妈妈，我也要活下去。

是的，死亡其实是一件再容易不过的事，而活下去，需要更大的担当和勇气。

这种感受，真的只有死过一回的人才能明白。

5

虽然我不再想着自杀，可那个狠毒的男人似乎并不想放过我。

因为四岁的那场手术，我家变得更穷了。有一天我看到一个成语，叫“家徒四壁”，觉得简直太贴切了。真的，我们家什么都没有，什么……都……没有！

为了活下去，妈妈变得更加辛苦，她同时兼了好几份工，没日没夜地干活，明明不到四十岁，却已经佝偻着腰，满脸皱纹，像个小老太婆。

镇上的小朋友都叫她神经病，因为她干起活来就像个神经病，完全不知道休息。可在我心中，她绝对是最漂亮的妈妈。她是我在这个世上唯一的福祉，最大的荣耀。

一个深冬的清晨，妈妈出去做工后，那个男人突然野蛮地把我从床上拎了起来，粗鲁地扔到他的自行车后座上，说要带我去一个地方。

我吓得浑身瑟瑟发抖，却一句话都说不出来，只能孤立无助地随着他离开。

他飞快地骑着车，往山里骑，往没有人的路上骑，往没有路的地方骑。翻过了一座又一座山头，涉过了一条又一条河流，从清晨骑到黄昏，最后来到一处荒野。

那个男人很快停好车，然后将我用力推下。我摔倒在地，他看了我一眼，眼神是那样冰冷和怨恨。我吓得号啕大哭，他赶紧上车离开。

我知道他在想什么，他想将我扔掉，扔到荒山野岭，活活饿死、冻死，或者被野兽吃掉。

为什么会这样？既然随时都可能猝死的我都选择了勇敢活下去，天地这么大，为什么还容不下小小的我？

6

天开始下起了大雪，本来恍惚的眼前更是变得一片模糊，寒冷，令人窒息，仿佛世界尽头。

没有方向，没有时间，天地一片死寂，只有我拖着羸弱的身躯在雪地里艰难地走着。

是的，我没有放弃，我在竭尽全力地求生，我要走回去，我要找我的妈妈。

这几乎是一个不可能完成的任务。我好冷、好饿，没有一点力气，完全不认识路，只能凭着感觉走，左转，右转，翻山，过河。我不停地哭，眼泪流出来就在脸颊上结成冰，实在太饿了就摘树上的野果子吃，实在太困了就靠在石头上眯一会儿，实在走不动了就往前爬。风渐渐大了起来，不时传来野兽的叫声，我好害怕，对着风喊妈妈。

我不想死，我要活下去。

就这样，我不停地走着、爬着、翻滚着，眼泪流干了，嗓子哭哑了。也不知道过了多久，更不知道走到了哪里，当我用尽最后一丝力气爬出荒野来到公路上时，我看到远方传来微弱的亮光，应该是辆汽车，我对着亮光艰难地挥舞着手臂，然后重重地摔倒在地。

很快，那束微光伴随着发动机的轰鸣来到我的身边，我得救了。

7

当我被派出所的警察叔叔送回家时，我看到我的妈妈正举着刀要砍那个男人。

妈妈疯了一样对男人大骂："你不把我女儿找回来，我就杀了你这个畜生！"

平时作威作福、不可一世的男人竟然吓得浑身颤抖，跪倒在地，不停求饶。

我赶紧冲过去，边跑边大声喊妈妈。

妈妈一把将刀扔掉，然后死死地抱住我，号啕大哭。

跪着的男人则一脸不可思议地看着我，然后长叹一声，瘫倒在地："天意啊！"

妈妈哭完，抹干眼泪开始收拾东西，然后拉着我的手说："走，妈这就带你离开。"

8

很快，我们来到了县城，那一年我六岁。

曾经我们是如此恐惧城市，总觉得那里会是和我们格格不入的世界，那里遍布狼烟，那里到处陷阱，那里世风日下，那里人心不古，在那里，我们绝对找不到北。

所以，这是一场逃亡，不成功，便成仁。

可等我们真正站在霓虹灯下，走在川流不息的车流里，看着拔地而起的高楼大厦时，我们才发现，我们把世界想复杂了。

只要勤奋、善良，就没有活不下去的地方。

妈妈很快找到了一份午夜扫马路的工作，虽然辛苦，虽然薪酬微薄，但养活我们娘俩绝对没问题。

我们相依为命，只是妈妈不再放心让我一个人待着，哪怕干活的时候也会带上我。凌晨的大街空旷冷寂，只有间或飞驰而过的汽车，在空荡的街角划过一道道孤独的痕迹，映照在同样孤独的醉鬼、小姐、流浪汉的脸上，偶尔空中会传来一首悲伤的歌，听上去竟然有几分动人。

妈妈扫地的时候，我就坐在一边的路灯下，学拼音，读故事，哼着刚刚学会的童谣。偶尔我们会相视一笑，那么温暖、幸福。

有时候太累了，我会靠在马路边睡过去，等我醒来的时候，保准躺在妈妈的怀里。

那段时光虽然艰辛，却前所未有地温馨。

感谢老天，我们终于可以不再恐惧地活着。

9

七岁时，妈妈给我找到了一所子弟幼儿园，我可以和其他小朋友一样背着书包上学啦！

我的同学大多是来城市务工的农民工的孩子，我发现这个群体有一些共同特点，那就是早熟、自卑、敏感，甚至易怒——那是自我保护的最后防线。

我们是同类，所以我是那样了解他们。虽然和他们相比，我的条件更不好，可我从来不会将悲伤写在脸上，非但不悲伤，反而很高兴，每一天都会对世界微笑。

是的，我们很贫穷，我们来自农村，我们过早地体验了太多人生冷暖，可是生活真的有那么面目可憎吗？如果真是这样，没有谁比我更有资格去怨恨地活着。可是我不要，我的生命已经如此短暂，我们活着已经如此不容易，所以我要每一天都活得开开心心。

因为我总是很开心，所以我很快有了很多好朋友；因为我总是不抱怨，所以我获得了更多的祝福和爱。

回想起来，那真是一段堪称完美的幸福时光。

10

我天真地以为我会一直这样开心地长大，会有越来越多的好朋友，我的生命中会有越来越多的爱和祝福。

我错了，我还是将生活想得太简单，将人心想得太美好了。

虽然我运气并不坏，因为教育局新出台的帮扶政策，我得以来到一所很好的公立小学读书，可八岁时又做了一次手术，我耽误了大半年的学习。等我的身体允许我继续上学时，我只能选择留级。

当我第一次站在新班级的门口时，我收获的不是欢迎的掌声，而是赤裸裸的哄笑。

或许他们从没有见过年龄比所有人都大、看上去比所有人都土的农村孩子吧；或许衣着光鲜的他们其实也没有什么恶意，只是觉得我是个异类，我傻傻的样子很搞笑吧。

我承认，那一瞬间，我还是害怕且难受了，原来所谓的自卑和敏感，从未真正远离我。

11

我开始努力去适应全新的小学生活，虽然这对我而言真的不是一件容易的事。

我的口音、成绩甚至穿着无时无刻不在提醒我，我和身边所有的人都不一样。虽然我努力将所有的不安隐藏，虽然我的脸上依然时时刻刻保持着笑容，虽然我比以往更加小心翼翼地去和每个人相处，生怕给别人带来一丝丝的打扰，但我还是能够轻而易举地从他们的眼神中看到嫌弃和鄙夷。

我终于明白，我可以遗忘很多，伪装很多，我可以跋山涉水来到陌生的地方改头换面，可是我无法改变自己的出身，而出身就是我永远无法摆脱的地球引力。

没有一个朋友，没有一丝温暖，我的生活再次陷入了浩大的孤独。

我当然不能告诉妈妈，不但不能告诉，反而要骗她我在学校开心极了，那里阳光和煦、鸟语花香，充满了友善，我每天都过得很幸福。

看着妈妈憔悴的脸上露出满意的神情，我决定永远都不拆穿这个虚伪的谎言。

为了宣泄苦闷，我开始写日记，用笔记下我的内心。

很多年后，当我一字一字地看着那些稚嫩的文字、歪歪扭扭的笔迹时，我依然能够清晰地感受到当时的慌张和无助，仿佛乌云遮住了太阳，岁月感染了风霜。

12

三年级的时候，妈妈突然下岗了，贫困的生活雪上加霜。

妈妈让我不要担心，她有的是办法养活我，对此我当然不怀疑，却不愿意看到她继续为我受苦。所以，我任性地说我不想读书了，反正我也活不了几年，学习也没有什么意义，我也可以打工，和她一起为生存努力。

说完这句话我就后悔了，我知道她一定会很伤心。果不其然，我再次看到她因为极度生气而不能自已的表情。

可是，她并没有责怨我半句，而是咬咬牙说："这里容不下我们，妈带你去更大的城市。"

就这样，很快我和妈妈又迁徙到了市里。妈妈这次很幸运地被招进一家规模不小的工厂上班，而我也转到了附近的小学就读，成了插班生。

相比县城，这里更繁华，生存压力更大，人与人之间也更加冷漠。所有人似乎只关心自己，所有人都对别人提出更高的要求，哪怕明明是小学，也像书上描写的江湖一样充满了血雨腥风、钩心斗角。

在新的环境里，我依然沉默着、孤独着，感受着来自四面八方的深深敌意。

比如班上有同学的东西不见了，立马就有人怀疑是我偷的。

比如学校突然要检查卫生，留下来值日的那个人也是我。

比如班上有人过生日请客，我永远是被忽视的那个人。

比如我刚买了包糖就必须分给所有人吃，仿佛那才天经地义。

比如最瘦弱的小男生都敢肆无忌惮地揪我的头发，朝我身上吐痰。

类似的比如还有很多很多，多到数不胜数。

我挣扎过，也反抗过，可是根本没用，没有人会相信我，没有人会在乎我，更没有人会喜欢我，于他们而言，我就是一个多余的存在。

更恐怖的是，本来学习还不错的我因为精神无法集中，成绩很快一落千丈，每次考试都是倒数几名。

这更加成了我可以被肆意嘲笑和欺凌的理由。

我的生活变得前所未有地孤苦，孤苦到让我再一次渴望死亡。

那个时期的日记充满了愤怒和戾气。我恨自己，恨我的同学，甚至恨我的妈妈。

我知道这样是不对的，可是我无法控制内心的恨，我一遍遍用最恶毒的语言侮辱自己，诅咒自己，恨不得立即就心脏病发作死去。

我坚定不移地认为，只有死亡才能将我从痛苦中拯救。

只是这一次我又错了。

我很快就遇到了将我拯救的那个人，她就是我人生中第一个甚至是唯一一个好朋友——璐宛溪。

13

说起来也很奇怪，我和璐宛溪明明同学了蛮久，可几乎没有任何交集，甚至对彼此的印象都很单薄。

在成为朋友之前，我只知道她是我的同班同学，个子小小的，成天咋咋呼呼的，像个假小子，不怎么学习，可学习一直很好，特别是语文。还有就是她家条件特别好，不过她没有因此而跋扈，也从来不欺负人。

哈！好像知道的也不算少呢，好奇怪啊！

和璐宛溪成为好朋友源自她的一次救助。一天放学后，我照例收拾好书包低着头准备回家，路过操场的时候，看到班上的好几个女生正准备跳橡皮筋，因为分组少一人没法玩，所以我被临时拉过去充数。尽管如此，我还是挺高兴的。可是很快，更窘的一幕发生了：因为嫌我笨，没有人愿意和我分到一组，不管谁最后分到我都要求重来。就这样好几轮后，她们还是莫衷一是。最后她们几个抱在一起叽叽喳喳商量了半天，然后对我说："陶梦茹，我们决定就少一个人玩，不用你了。"

我怔在原地，不知所措，强烈的受挫感袭遍全身，眼泪几欲冲破束缚。

"快走啊，干吗还赖在这里，不要脸。"

"就是啊，我们又不是你的好朋友。"

或许见我动作慢了，辱骂、耻笑立即扑面而至。

为什么会这样？我到底做错了什么？烈日灼心，全身的力气仿佛被抽离，就在我进退维谷之际，一双手突然紧紧拉住我，将我带离。

我惊慌失措地回头，就看到璐宛溪的脸，是那样纯真，那样美好。

她边拉我边对那些人叫嚣："你们太欺负人了，我们还不要跟你们玩呢，是不是啊，陶梦茹？"

我麻木不仁地点了点头，心头涌上一股暖意。

璐宛溪对我笑："走，我带你去玩更好玩的东西，我爸刚从国外带回来的，可有意思了，看都不给她们看。"

说完，还重重地对着她们"哼"了一声。

就这样，我被璐宛溪拉着飞跑着离开，仿佛要飞了起来。

我们一直跑到校外才停下来，她松开我的手，我说谢谢，然后转身要走。

她赶紧再次拉住我的手："别走啊，我们还没玩呢。"

"你真的要……"

"当然咯，我从来不骗人的。"璐宛溪变戏法一样从书包里拿出一个色彩鲜艳的魔方，"我都玩好几天了，可怎么也拼不好，我们一起来玩吧。"

"璐宛溪，你为了我得罪她们，不怕吗？"

"怕什么？为什么要怕？"她的表情天真无邪。

“她们会孤立你的。”

“切，我才不稀罕呢，我有的是朋友。”她微笑着看我，再次伸出手，“以后我们就是朋友啦！”

我从来没有见过如此自信的笑容，仿佛一丝阳光穿透层层雾霾，打在我潮湿的心上。

“嗯，嗯。”我重重地点头，“璐宛溪，有你真好。”

14

从此，我和璐宛溪成了很好的朋友。

从此，我也有了自己专属的好朋友。

璐宛溪是那么自信、善良、乐观、勇敢，虽然比我小，却总是保护我，不管遇到什么事，她都会冲到前面，从不退却。

同时她又很粗心，过马路的时候总是横冲直撞，我只能一次又一次地紧紧拉着她；任何东西她都能丢掉，我就一遍又一遍地提醒她，或者干脆帮她保管。总之，我能做的就是无微不至地体贴她。

面对我的唠叨，璐宛溪有时候会管我叫妈，我觉得还挺贴切。可有时候我又会觉得她是我妈妈，为我遮风挡雨。

就这样，我们很开心也很互补地度过了一段悠长时光。因为璐宛溪，我不再是人群中最孤独无助的存在；因为璐宛溪，我也体验到了很多成长的美好。

璐宛溪曾经在我家住过一夜，面对着不过十平方米的棚户房，她显然惊到了，不过她很快就调整好了情绪，拉着我的手开心地、蹦蹦跳跳地走了进去，边走还边说：“虽然小了点，可是很温馨呢，一看阿姨就很勤劳。”

本来有点拘谨的妈妈也因此变得轻松起来，那天晚上，她给我们做了好多好吃的。

璐宛溪"啊呜啊呜"地大口吃着，边吃边夸妈妈手艺太好了，说还要。

妈妈被璐宛溪逗得哈哈笑。

吃完饭，我们一起做作业，一起洗脚，然后一起上床睡觉，一起把被子蒙在头上说悄悄话，说了好久好久，怎么说也说不够。

璐宛溪说那是她最开心的一夜，我当然也是。

当我从梦里醒来，看着她乖巧地躺在我身边，鼻息均匀地打在我的脸上，嘴角挂着温暖的笑容，那一瞬间，我感动到落泪。

15

当然，那段岁月也不是只有快乐和安详，就像太阳下的任何事物都有正反面一样，有快乐，就会有不开心。

对我而言，璐宛溪是唯一的朋友，可璐宛溪还有另外一个好朋友，甚至比我还好的朋友。

那个叫卢一荻的女生也是我们学校的，不过和我们不在一个班。表面上她和我绝对是两个世界的人，因为不管我的内心有多苦，我都永远以最大的善意去理解这个世界，笑容是我最有力的武器。可是卢一荻永远阴沉着脸，就连眼神里也写满了苦大仇深，仿佛她对一切都看不惯，而且特别极端。

有一次，她和学校里一个人人恐惧的小流氓打架，明明不是对手，可她根本不害怕，被打得特别惨也一声不吭，还死死咬住那个人的手指头，如果最后不是被拉开，我保准她能生生把指头咬断。

还有一次，她上课不听讲，老师很生气，让她滚出去，她真的背起书包就走了，一走就消失了两天，把校长吓得停课报警去寻找。最后被找到的时候，她已经在两百多公里外的地方。

很多时候我都会想，她一定也是个可怜的孩子。虽然我和她对这个世界的表达方式完全不一样，可本质上我们应该是同一种人。

所以，即使后来我眼睁睁地看着她从我身边把璐宛溪“抢走”，我也并不恨她。

除了我对自己始终有强烈的暗示，幸福只会是过客，并不会长久地属于我，还有一个想法就是，如果我真爱一个人，只要她快乐就好，至于是不是我让她快乐，那并不重要。

不过，我敢肯定，卢一荻一定不是像我这样真心实意地对璐宛溪好，总感觉她在敷衍，在演戏，甚至在利用璐宛溪——我知道这个词不好听，可真相就是这样。

我当然不会揭穿，只要结果没问题，其他都不重要。

每个人都有自己的苦衷，每个人都活得不容易，如果幸福和快乐是那样唾手可得，谁又愿意煞费心机？

璐宛溪当然不会想那么多，她也根本想不到。事实上，自从拥有了我和卢一荻两个好朋友后，她每天都过得没心没肺，开心得不得了。

像她这样出身好、性格好、学习好、简单又快乐的人，就是所谓的上天的宠儿吧。

而老天又将她和我这样的弃儿安排在一起，果然很公平。

16

只是我能明显感觉到璐宛溪的友情天平很快越来越偏向卢一荻一边，对此我心有不甘却又无能为力，只能默默忍受，饮泣而眠。

她显然察觉到了我的不开心，不止一次对我大声说：“梦茹啊，你和一荻对我都很重要，我们三个人是最好的朋友，要一起长大，永不分开。”

是的，心地善良的她越是心虚就会越刻意，她刻意地希望撮合我和卢一荻也成为好朋友，甚至希望我们能够和她一样许诺要永远在一起。

我们也确实试着一起玩了好几次，可不是很成功，因为我们总是能够一眼就看穿对方内心真正的想法。所以，虽然每次我们都表现出很开心的样子，但其实只是为了璐宛溪——当然，为了她就是为了我们自己。

17

不管如何，在璐宛溪的用心维系下，我们三个人就这样“形影不离”地长大了。高考时我发挥得还不错，顺利考上了我们这里最好的大学，这应该是对妈妈多年付出的最好回报吧。更让我开心的是，本来已经决定要去省城读中澳合办大学的璐宛溪竟然放弃了这个难得的机会，她说不想和我们分开。这我绝对相信，不过从此以后，我们三个人没有办法继续做同学了——卢一荻根本没参加高考，后来自费上了我们学校的成教学院，那在另一个校区，离我们本部至少有十公里远。

也就是说，从此以后，再也没有人会横亘在我和璐宛溪之间，至少物理意义上是如此。

而随着物理上的分开，我坚信心理上同样会疏远。

18

只是这一次我依然猜对了开头，却没猜到结尾。

卢一荻确实离璐宛溪越来越远，可是我的心离别人越来越近。

这个别人还是个男生，一个很优秀的男生，优秀的他有着好听的名字，叫崇礼。

余阮

Chapter 4

只有绝对无情，才能绝对不受伤

如果有一天，
你终于遇到一个很懂你而且很爱你的人，
你会怎么办？
感动？激动？立即张开怀抱接纳她？
我都不会。我只会做一件事——
毁了她！

——余　阮

1

如果有一天，你终于遇到一个很懂你而且很爱你的人，你会怎么办？

感动？激动？立即张开怀抱接纳她？

我都不会。

我只会做一件事——毁了她！

是的，我决不允许自己再去为谁动情，那种麻痹会杀了我。

只有绝对无情，才能绝对不受伤。

这是我二十二岁那年才明白的道理，不算早，但也不算太晚。而为了这个道理，我尝尽了世上最大的屈辱。所以，我一定会严格恪守，认真执行。

让我明白这个道理的，是一个女人。

我爱这个女人，却也因为她痛苦一生。

2

二十二岁的你正在干什么？

刚刚大学毕业？幸福地准备参加工作？正憧憬着一场甜蜜的爱情？觉得自己无所不能，整个世界都是你的？

多么美好啊！

二十二岁的我却远离家乡，在千里之外逃亡、乞讨、流浪，像牲口一样挣扎在社会的最底层。

逃亡是我唯一的选择。

我杀了人，那人是我的亲生父亲。

杀他的原因很简单，他打我妈，没日没夜地打，不高兴了打，喝醉了打，闲得无聊的时候也打，看到别人疼痛号叫就是让他最兴奋的事。

从记事到成年，我没过过一天快乐的日子，每天都在恐惧和痛苦中度过。所有关于幸福的描绘，只能从书上略知一二。

我学习不算差，特别是语文，曾经写的诗歌还被贴到学校的橱窗里，那也成了我黑暗成长历程里的寥寥光芒。我以为自己肯定可以考上大学，那样我说不定会当一名老师，可事实是我小学还没毕业，那个浑蛋就勒令我退学了，理由则是要挣钱给他买酒喝。

就这样，刚刚十岁出头的我成了附近一家私人矿场的童工，从幽深的矿洞里拉出一车煤可以赚到五毛钱，我一天最多拉八车。矿洞狭窄逼仄，到处溢水，经常瓦斯爆炸，随时都可能塌方，每个月都有人在里面死去。

拉煤的时候，我特别害怕，只能唱歌，扯破喉咙唱歌。

幸亏人间还有旋律，唱歌是唯一能让我快乐的事。

就这样，我整整拉了七年的车，还能活着走出矿洞，简直是奇迹。

然而，生活并没有因为我的勤劳而有半点改善，那个浑蛋就像贪婪的吸血鬼，酒精再也无法满足他的欲望，他很快就染上了毒品。从此我们家变得一贫如洗，无论我和妈妈如何努力挣钱，永远赶不上他花钱的速度，家里能卖的东西都卖了，绝望像瘟疫一样时时刻刻笼罩着我们。

终于，在我十八岁那年的大年三十，绝望达到了顶点，这个犯了毒瘾的浑蛋像魔鬼一样抱起我最小的妹妹，说要出去卖了换钱。妈妈拼死保护却被往死里打，他先是用拳头，然后是木棍，最后竟然举起了刀。那一瞬间，蜷缩在墙角浑身颤抖的我突然什么都不怕了。是的，我受够了，不想活了，我要和这个魔鬼同归于尽。

我咆哮着用尽全力撞向这个魔鬼。

多年的苦力生涯让我浑身充满了力量。魔鬼痛苦地号叫了一声，被我生生撞飞，重重地摔倒在地，再也没能起来。

是的，我杀死了他，我的父亲，这个世界上我最痛恨的人。从此，我的妈妈再也不用挨揍了，我的弟弟妹妹们再也不用害怕了，我一点都不后悔。

可是妈妈很害怕，这个老实巴交了一辈子的女人颤颤巍巍地掏出家里仅有的一百块钱塞给我，然后惊恐万分地说："你快走，别回头，能走多远走多远，永远不要再回来。"

记得我离开时，新年的钟声正在敲响，空中绽放着艳丽的烟火，人间一片太平喜乐，没人在意在这个国家西北角的一处山村里正在上演的悲剧，就像没有谁会真正关注我们苟且卑微的人生。

3

没有方向，没有目标，只能随波逐流。

从寒冬到炎夏，从深秋到早春，我一路漂泊，一路流浪，饿了就乞讨，累了倒地便睡，没钱坐车就用脚走，衣衫褴褛，头发两尺长。谁也不会在意一个臭要饭的烂仔，即使走到警察面前，他们都会厌烦地将我轰走，因为嫌我脏。

我就像浮萍，风往哪里吹，我就往哪里漂，离开了家，就没了家，没了家，哪里都是家。

就这样，一年后，我来到了最南端，再也无路可逃。面对着茫茫大海，我决定在这个城市生存下去。

是的，生存，只要能活着就行。

为了活着，我想尽各种办法，不管什么工作，能有口饭吃都干，当服务员，送快递，搬砖头，在地下通道当流浪歌手。对了，中间我还被骗去做传销，好不容易积攒的五百块钱又被骗了，最后逃出来的时候，我身上连件完整的衣服都没有。

没地方住，只能睡桥洞，那里是流浪汉的天下。他们让我去偷窃，去抢劫，我不肯，因为小时候妈妈说过，再苦也不能当坏人做坏事，人只要有一口气一双手，就要去劳动、去打拼。见我不听话，这些流浪汉就联手欺负我，将我的衣服扒光，用烟头烫我，用冷水浇我，一个两百斤的浑蛋还差点把我强奸。我拼死抵抗，被打成重伤，最后像死人一样被扔掉。

如果我说我体验过人间最悲凉的黑暗，请你一定不要认为我在矫情撒谎。

烈日高悬，我却浑身冰冷，奄奄一息地躺在路边，身上盖着张草席，苍蝇围着我打转，老鼠也不时地从我身上蹿过，仿佛我是它们最好的食物。

就这样，我在路边整整躺了一天一夜，忍受着身体和心理上的双重煎熬。我痛恨自己为什么还没有死去，我连杀死自己的力气都没有，只能眼睁睁地承受着非人的折磨。

我究竟作了什么孽，现在要承受这份罪？

直到遇见她，一个穿着白色连衣裙的女孩。恍惚中，我看到她走向我，宛若幻觉，我用最后一丝力气咬着自己的舌头，眼前终于清晰了些，真的是一个女孩，她非常漂亮，也非常清纯，脸上更是没有半点嫌弃的色彩。她缓缓地走向我，对我嫣然一笑，然后递给我一瓶水、一个面包，还有一百块钱。

她很温柔地对我说："我只能帮你这么多，希望你能挺过去。"

说完，她就走了，慢慢消失在我眼前。我想喊，喊不出，只有泪水是自由的。

我竟然还能哭。

那一瞬间，我改变了念头，我要活下去，哪怕是为了这个陌生人的馈赠和祝福。

就像我在矿洞里经历了无数次塌方都没有死掉一样，命硬的我靠那一瓶水、一个面包苟延残喘，再次从鬼门关爬回了人间。

当我重新站起来的时候，我做了两个决定。

首先，我要报复这个社会。

其次，我要找到那个女孩。

4

我不再安心找工作，开始专心致志地做一个坏蛋。

我不隶属于任何一个黑社会团伙，而是做赏金猎人，独来独往，谁要打人报仇、追债讨薪，只要给我钱，不管对方是谁，不管什么理由，我都干。

虽然我人单势薄，但我不要命，所以我总是可以达成目标且全身而退。

一开始我不用任何武器，拳头就能彰显我的力量，后来我开始玩刀，没日没夜地练，刀成了我身体的一部分，成为我对这个世界最犀利的表达。

很快，没有人的刀比我的更快更准，在我的刀下至少倒下过三个不可一世的硬角色。当然，我也为此付出了惨重的代价，好几次游走在生死边缘。

经年累月的斗殴让我的身体伤痕累累，为了掩饰那些丑陋的疤痕，我用了半年多的时间从前胸到后背文了一条硕大的盘龙。从此，每当我冲向敌人的时候，我都会扯开外衣，那条盘龙张牙舞爪，几欲腾飞。

很快，我就靠着不要命在整个流氓圈声名鹊起，他们管我叫鸠，一种凶狠的鸟，打起架来要么自己死，要么一定干掉对方，不见血决不罢休。

我喜欢这个代号，那会让我变得更可怕，也更值钱。

也是那段峥嵘岁月让我的思想彻底进化了，尽管我也深知即使我选对了方向，我的人生依然注定毁灭，可是这个过程至少也有过璀璨，不至于像蝼蚁一样沉默和卑微。

5

我以为自己会在这条不归路上末路狂奔，直到再次遇见那个女孩。

那已经是两年后的事了。

那天我接到一个做酒店生意的老板的任务，要将他酒店附近的一家洗头店端掉，原因是里面的小姐抢了他酒店色情服务的生意。老板对我咬牙切齿地说："妈的！我这里一次八百，她们一次八十，这些婊子太可恶，你把她们统统赶走，最好都给我毁容。"

我笑了，点头说绝对没问题，只要你肯出钱，一根手指八百，一条腿五千，至于毁容，一张脸八千，不还价。

"成交，毁一张脸拍一张照，回来找我要钱。"老板豪气冲天，破口大骂，"妈的，让她们跟我斗！"

这种活我最乐意干了，难度小，风险还低，因为对方也见不得阳光，所以吃了亏都不敢报警。当天晚上，我美美地喝了顿大酒，然后左手执刀，右手提着硫酸瓶，一脚踢开洗头店的大门，里面的嫖客小姐立即作鸟兽散。看场子的小弟发现不是警察，纷纷朝我扑来，很快被我三下五除二轻松干倒。

真是不堪一击啊，我冷笑。可惜的是，这些小姐跑得倒挺快，害得我少赚不少钱。

就在我看着空空荡荡的洗头店琢磨着是不是离开的时候，突然听到楼上传来一个女孩的呻吟声，充满了窒息的味道。

哈！什么情况，难道还有漏网之鱼？

我开始一个一个房间寻找，直到在最里面的隔间里看到了一个浑身赤裸、遍体鳞伤的女孩被捆绑在床头，一根带刺的长鞭挂在她身边。女孩的胸前文着一朵硕大的血玫瑰，昏暗的灯光下显得分外妖艳，她洁白的肌肤上滴满了蜡烛，嘴里则塞着一团东西，因此无法说话，从喉咙里发出的呜咽喊叫声变得破碎且压抑，头发凌乱地打在脸上，眼神中充满了恐惧。

我笑了，难怪这家店会生意兴隆，这下好了，玩过头了，想跑都跑不了了，看来只能拿你下手咯。

我打开硫酸瓶盖子，对那个女孩说："你可不能怨我歹毒，只能认倒霉，谁让你这么会玩呢！"

女孩拼命摇头，发出呜咽声，眼泪更是汹涌而出。

她的眼泪让我迟疑了一下，我下意识地拨开她脸上的头发，终于看清了她的脸。

竟然是那个曾经救过我的命，让我魂牵梦萦，整整寻找了两年的白衣女孩。

我赶紧用刀割开她身上的绳索，抽出她嘴里的东西。女孩先是"哇"的一声放声哭了出来，然后狠狠抽了我一耳光，大骂："吓死我了，你个王八蛋！"

6

女孩姓叶，有个好听的名字，叫叶一弦。

女孩说她妈妈当年难产，生下她和她的双胞胎弟弟后就大出血走了。她爸爸很心痛，就给他俩分别取名为叶一弦和叶一柱，表达对她妈妈的爱和思念。

“锦瑟无端五十弦，一弦一柱思华年。”女孩轻轻吟诵着，眼泪很快又滑了出来，她哽咽着说，“我从来就没见过我妈，可我对她是那么了解，因为小时候我爸每天都会给我讲述他和妈妈的故事，他们之间的爱好深也好美，他们说过要一生一世在一起，所以我爸到现在都没有再娶，每天都对着妈妈的照片说甜言蜜语。”

我听不懂她嘴里的诗，也对她描述的美好爱情故事没有兴趣，我只知道我面前的女孩真的是她，老天竟然开眼让我和她再次相逢，这就很好。

所以我一直在笑，看着她，不停地笑。

她噘嘴，泪眼婆娑更显可爱，嗔怒道：“你讨厌，难道我说的很好笑吗？”

我点头，又摇头，依然在笑，我真的好开心。

女孩掏出一根烟，熟练地点上，深吸了一口，惬意地吐出：“曾经我以为爱情就必须是那样的，曾经我也向往我可以经历那样的爱情，只要遇到像我爸那样深情专一的男人，就算死了也值得。好可惜啊，我怎么也没想到现在的自己竟然成了一只‘鸡’，人尽可夫，只要给钱，谁都可以和我睡觉，只要钱足够多，还可以让我挨揍喝尿，哈哈！”

女孩说这些话的时候，眼神中的美好一闪而过，取而代之的是满目苍凉，苍凉的背后更是绝望。

这两年她究竟经历了什么，为什么从那么美好的一个人堕落成现在这副模样？

念及此，我突然觉得自己好可笑，我有什么资格去质问别人的人生？我又能好到哪里去？何况，这样其实更好，我们一个流氓，一个小姐，堪称绝配。

“好了，说说你的故事吧，两年前我看你都快死了，怎么现在变得这么厉害？”女孩轻佻地看着我，“一个人就敢来砸场子，真行，你就不怕他们报复，什么时候趁你不注意把你砍死？”

我冷笑：“借他们十个胆也不敢。再说了，要是真能被砍死倒好了，一了百了。”

“王八蛋，早知道当年不救你了，让你早死早升天。”女孩白眼瞅我，继而又对我莞尔一笑，“哎，以后你就叫我叶子吧。王八蛋，你叫什么名字？”

7

我叫什么名字？

我突然发现，已经好几年没有人问我叫什么名字了。这些年来，我有过很多代号：小叫花、鸠、疯狗……唯独没有人在意我到底叫什么名字。

我的喉咙有点干涩，艰难地说：“叶子你好，我叫……余阮。”

“余阮，余阮，使君怜小阮，应念倚门愁。”叶子眼睛亮了，“真想不到你的名字也挺有意境。”

“是吗，我从来没听说过。”我有点羞愧地低下头，“还是你有学问。”

“那当然，我可是大学生哦，虽然没读完。”女孩的表情很是自豪，又点燃一根烟，幽幽地说，“也是巧了，那一年我刚来这里读大学，就看到了你，现在又遇到你，可你已经不是当时的你，我也不是当时的我，这就叫物是人非。”

叶子说这些话的时候又开始感伤，她突然站了起来，装作不在乎的样子，拍拍身子对我告别：“好啦，姓余的，我要走了。我救过你，也谢谢你今天的不杀之恩，咱俩算是两清了，从此相忘于江湖，不必再见。”

我一把拉住她，认真地说：“不行，我不会再让你从我身边消失。”

她惊恐地看着我：“你到底想要干吗？”

我笑了：“我要娶你。”

叶子也笑了：“王八蛋。”

8

叶子喜欢叫我王八蛋，我喜欢被叶子叫王八蛋。

如果别人敢这么叫我，我早和他拼命了，可是叶子叫就可以，不管她说什么，我都很喜欢。

我开始很认真地追求叶子，叶子也很认真地拒绝我。

喜欢一个人就总想把自己的所有都给她，喜欢一个人就总是害怕她受半点委屈。我让她不要再做小姐，叶子反问：“那我靠什么赚钱？你养我吗？”我说好啊，然后就真的把这么多年打打杀杀赚的钱都花在了叶子身上，给她买最好的衣服、最贵的首饰，带她去最高档的餐厅。不管她要什么，我都会满足她。

只因为她是我第一个喜欢上的女孩，是我的初恋。

生平第一次，我产生了想和一个女孩厮守终身的冲动，无数次我想到每天可以和叶子在一起，做梦都会笑出声来。

可是，叶子每次接过我的钱或礼物后都会无情地说：“王八蛋，你别痴心妄想了，我们只能做朋友，成不了恋人的，因为我有爱的人啦！”

说完还会补充：“我很爱很爱他，为了他我可以退学，为了他我可以当小姐，把用身体赚来的钱都给他，虽然他是个比你还不如的王八蛋，可是我真的很爱他。”

我狠狠地说：“他在哪儿？”

“怎么着？难道你想找他打架吗？”叶子咬牙切齿地说，“你不会得逞的，因为我也不知道他在哪儿，我比你还想找到他呢。我说了，他也是个王八蛋，而且是个无情无义的王八蛋，永远在需要的时候才出现，满足后就会消失，根本不管我的死活。”

“他就是个骗子，挨千刀的，我这辈子都被他毁了，真恨不得他出门被车撞死。”说完，叶子就哭了，边哭边说，“可是我又离不开他，只要他不抛弃我，我就会永远等着他。”

伤心的叶子让我很心疼很心疼，我紧紧抱着叶子，在她耳边慢慢说了一句话：“好，那我也等你。”

9

这世上最熬人的莫过于等待，特别是没有希望的等待，可除了等，我们真的没有更好的办法。

叶子苦苦等着那个人，等的其实是自己曾经的梦想；我也苦苦等着叶子，等的却是对未来的觊觎。所以，我其实比她更可怜。

接下去的日子里，我一直守候在叶子身边，呼之即来，挥之即去，就像她的奴隶。

不，就是她的奴隶。

叶子从不让我主动找她，也不经常来找我，一旦找我，要么心情很好，要么很糟。心情好的时候，我是她的树洞，叶子会深情地回味她的爱情故事。故事的开头充满了浪漫和美好：不谙世事的女大学生遇到了慷慨帅气的大叔，迅速坠入爱河，毫不犹豫地将自己的一切给了对方，以为拥有了爱情就拥有了全世界，哪怕粉身碎骨也心甘情愿。故事的后来却充满了晦涩和阴暗，美好的背后更是谎言连篇，原来所有的相遇和相爱不过是一场骗局，女孩最美好的华年成了赚钱的工具，明明知道前方是万丈深渊，却挣脱不了爱的束缚，只能一步步堕落、沉沦，万劫不复。

这样的故事我听过很多，版本不一，内容却大致相同，只是这一次，我无法再置身事外，爱情成了连接器，我也成了受害者。

而一旦叶子心情不好的时候，我则成了她的出气筒，她会对我破口大骂，用世上最恶毒的语言侮辱我、攻击我。如果我无动于衷，她就会动手打人，打了不解气就咬，咬不动了就用刀。

她骂我的时候，我决不还口，打我、咬我也决不还手，不但不还手，甚至一声不吭，任凭宰割。

叶子骂累了、打累了、咬不动了，要么摔门而去，要么号啕大哭，她会质问我为什么要对她这么好，为什么老天要让她遇到我。

我说我受过很多苦，做过很多事，却没有一件事像对你好一样让我觉得人生有意义，所以你不要担心，不管你如何，我都会一如既往对你好下去，因为喜欢你就是我做过的最好的事。

我知道这样的表达真的很矫情，矫情得不像一个亡命之徒说出来的话，可当时我真的是这样想的。我天真地相信“精诚所至，金石为开”，我的无条件付出总有一天可以消除她内心的桎梏，减轻她精神上的折磨，终有一天她会幡然醒悟：真正爱她的人是我，能够给她幸福的人也是我。

可是没有。

我并没有如愿以偿地将她拯救，只能眼睁睁地看着她被爱折磨，一天比一天痛苦，精神状况日趋恶劣，恶劣到只能依靠酒精甚至毒品来麻痹自己千疮百孔的灵魂。

我很心疼，劝她悬崖勒马不要再作践自己，可她根本不听，不但不听，反而嘲笑我是懦夫。她会说：“王八蛋，你就是一个备胎，你有什么资格说我？”

她还会说：“你要是真爱我，就和我一起吸。”

我说我什么都敢做，可是决不吸毒。

结果她变本加厉地讽刺我：“我知道了，看来你还不够爱我。”

毫无疑问，这句话对我而言是最大的投名状。面对叶子的挑衅，我从来没有如此纠结过，我不想步我那恶魔一般的父亲的后尘，可是我真的无法拒绝她，更无法背负不够爱她的罪名，所以最后我心一横，狠狠地说：“好，我陪你吸，要死一起死。”

10

就这样，我们都畸形地爱着，病态地爱着，时间很快又过去了一年多。

一年多来，我和叶子无数次同床共枕，却从来没有做过爱。

叶子不愿意，我也不勉强。

叶子总说：“我是小姐，人尽可夫，只要给我钱，都是恩公。如果钱多，我还可以提供各种服务，别的女人不敢做的，我都没问题。在床上，只有你想不出，没有我做不到的。”

叶子还说：“可是你不行，我可以要你的钱，但我绝对不和你上床，你给我再多的钱，我都不和你做。”

叶子又说：“因为和别的男人在一起，我是畜生，只有在你面前，我才是人。因为我知道你爱我，所以，我永远都不会让你得到我。”

叶子最后说：“只要我不让你得到我，你就永远不会离开我，永远属于我。如果有一天我和你上床了，只有一种可能，那就是我也爱上你啦！”

叶子说完，想想又补充：“不过这个可能永远都不会存在。”

11

有一天清晨，叶子下班后又过来了，她的心情似乎很不错，甚至主动给我做了顿早饭，虽然只是一碗方便面外加煎煳的荷包蛋。

那是我吃过的最美味的一顿饭。

吃完后，她紧紧搂着我，躺在我怀里，像只温顺的小猫。叶子轻轻拨弄着自己的头发，对我说："我很傻，可是你比我更傻。我至少曾经拥有过幸福，你却永远都没有机会。"

我心里很难受，可我还是故作冷静地说："这是我的事，我乐意，你千万不要有什么压力。"

"那个人折磨我，我又折磨你，上天对我到底不薄。"叶子没接我的话，喃喃自语，"说来说去都是我们自己下贱，怪不了别人的。"

我咬着牙，狠狠地点头："那确实。"

叶子抬头，看着我，笑了，眼睛黑漆漆的，特别好看。叶子说："知道吗？有时候我真的会想，如果我先遇到你的话会怎样，是拥有了幸福还是比现在更痛苦。"

我用毋庸置疑的口吻说："当然会幸福了。"

叶子却摇头："真不好说，人的命运是不会轻易改变的，如果真的遇到你了，或许给我痛苦的人就是你了吧。"

我没再回答，因为我知道她一定还有话。

"所以这辈子我是不抱任何幻想咯，还是让我下辈子先遇到你吧，这样说不定就真的可以幸福了。"叶子说完，很认真地看着我，"亲爱的王八蛋，如果有一天我死了，你就养只猫吧，那猫就是我。"

12

那天之后，叶子就很少来找我了。我很想她，可也知道就算再见面也是饮鸩止渴，只会越陷越深，无法自拔。我开始强迫自己将注意力都放在打架上，并且出手更狠，下拳更重，好几次差点把人活活打死。流血和疼痛可以让我对她的思念有所缓解，可只要一静下来，思念就又会如影随形，将我吞噬，这种感觉比我被她折磨还要痛苦万分。

就在我不知所措之际，一天半夜，叶子突然来找我了，她惊恐万分地说求我一件事。

“余阮，我求求你，你一定要答应我。”

我从来没见过她如此失魂落魄，赶紧答应了下来，让她快说什么事。

“他醉驾把人撞坏了，你能替他顶罪吗？求求你了，我真的不能没有他。”

原来还是为了那个男人。

可恶！

我死死地盯着她，心中盘算着该怎么办。

叶子看我不言语，抓住我的胳膊继续苦苦哀求：“只要你答应我，等你出来了，我就跟你过。”

天哪！为了那个男人，她竟然愿意做出这样的交换。

我内心五味俱全，挣扎了好一会儿，最后从喉咙里冒出一个字：“好。”

“谢谢你，你真好。”叶子欣喜若狂，“太好了，太好了，我这就告诉他！”

看着她的表情，我内心再次充满了绝望，以及荒谬和悲伤。

我一口气干掉了半瓶白酒，然后赶到事发地点，看到了一辆撞得稀巴烂的轿车，以及一个躺在地上哀声号叫的半死的人。四周一片寂静，我犹豫地钻进了驾驶室，刚坐稳四周就警笛齐鸣，闪光灯此起彼伏，至少十个警察扑向我，看来那个人早就将一切打点好了，就等着替罪羊落网。

我被判了八个月，外加十万元罚款。

钱不多，但也不算少，几乎是我全部的积蓄。

八个月的时间不算长，但也不短，在里面的每一天都度日如年。

监狱不比外面，不是光靠拳头就可以吃得开，我个性桀骜，不愿意被管束，所以在里面受了不少罪，但为了对叶子的承诺，都值。

对叶子的思念和未来的憧憬让我终于熬到了刑满释放的那一天。

出来时是她接的我，我冲上前紧紧地将她拥抱："我好想你。"

她的身体很僵硬，声音更是冰冷："放心吧，我说过的话绝对算数。"

我推开她："要是勉强就算了，都是我自愿的，你不欠我什么。"

她转过身："不勉强，反正他也不要我了，我们回家吧。"

回家——多么美好的词啊！

因为这一句话，我所有的委屈、所有的愤怒、所有的不甘、所有的疼痛都烟消云散。

就这样，从我第一次见到她起，整整三年后，我们终于走到了一起。

而生活也很快给了我更为残酷的致命打击。

13

我决定给叶子一个家，不是租的，不是借的，是真正属于我们的家。

我之前积攒的钱已经所剩无几，所以只能靠借，借高利贷，以及向我的雇主预支酬劳，这些钱我统统都会用命来还。

凑齐钱后，我在市里最好的小区买了栋花园洋房，房本上写的是她的名字。

带叶子看新房的时候，我指着一间间房间兴奋地规划着我们的未来：这里是主卧，这里要给我们的孩子住，这是专门为你准备的衣帽间，你还可以在后院种很多你喜欢的花花草草，甚至养很多很多只猫。亲爱的叶子，你喜不喜欢？

叶子的表情有点落寞，她郁郁寡欢地说："挺好的。"

嗯，没说不喜欢就很好，我已经很满足。我开始更加卖命地挣钱，不管多难多危险的活都接，只要能够让叶子过得越来越好，受点伤、流点血，根本不算事。

无数次我忍着剧痛回到我们的家，然后装作若无其事一样给她洗衣做饭，把用命换来的钱统统给她。

每次叶子都冷冷地看着我，仿佛我是一个傻瓜。

她依然不肯和我亲密接触，我也依然不勉强。

不但不勉强，还安慰她千万不要有压力，即使不结婚，即使没小孩，就我们两个人度过余生也很好。

叶子总是不接话，还让我不要想太多。

我要是还说，她就会勃然大怒，把所有东西都推到地上，然后离家出走，夜不归宿。

我知道，她的身体在我这里，可心还在别人身上。

可我们谁都不愿意撕破这层伪装，能够走到今天真的不容易，忍忍，再忍忍。

只要不分开，怎么都好。

我知道我真的很傻，可是除了继续装傻，我别无他法。

14

我以为我的宽容和装傻可以让我们的关系苟延残喘下去，可是没有。

在我们同居的第二个月，叶子离家出走的频率越来越高，就算不和我生气，也经常招呼都不打一声说走就走。原来最多一两天就会回来，可现在经常一消失就是一两周，回来时保证憔悴不已，躺在沙发上不停地对着手机悄悄说话，边说边笑，像个怀春的少女。

我当然不会问她出去干什么了，她却没底气地解释说去找闺密玩了。

我心里一阵悲凉，认识她几年了，从来就没听说过她还有第二个朋友。

我当然知道她和谁在一起，可是我没有说。

我怕说出来她就会立即离开我，所以我宁可她欺骗我、无视我，宁可自己像个如假包换的白痴。

没关系，只要我们还在一起，什么都可以不在乎。

就这样，她外出的频率越来越高，每次出去的时间也越来越长。她不在家的时候，我什么都干不了，就傻傻地没日没夜地等，等着她回来。实在熬不住了就给她打电话，可是她手机总关机，就算偶尔打通了，她也绝对不会接。回来后也不再解释，对我的嘘寒问暖还充满了抗拒。

“要你管？你还真把自己当什么人了。”她冷笑，满脸鄙夷，充满敌意地对我说，“别蹬鼻子上脸，我已经不欠你什么了。”

是可忍，孰不可忍？

我决定不再沉默，不再装疯卖傻。

在她又一次长长的外出回来后，我告诉她，要和她好好谈谈。

叶子说可以，她也有话对我说，然后不等我开口，就先发制人：“你觉得这样有意思吗？”

我被她问住了，突然不知道该怎么回答，只能听她讲。

“实话告诉你吧，那个男人又找我了，他说我离开后，他终于发现最爱他的还是我，他要我回到他身边。”

“哦。”明明早就知道答案，可我能说的只有这个字。

“好了，该你说了。”叶子深呼吸了一口气，死死地看着我。

“不要离开我，求你了。”我不知道我为什么会这样说，可是我真的这样说了出来。

叶子笑了，冷笑，她摇头：“你真的一点出息都没有，我都这样欺负你了，你还这么懦弱。我跟你说，我根本就不爱你，也根本不值得你这样对我好，你醒醒吧。”

“不要离开我。”我能说的还是这句话。

“真是服你了。好了，我不想浪费时间了，我这次回来就是想和你做个了断。”她顿了顿，缓缓地、一字一字地说，“反正我也对不起你了，就让我再对不起你一次吧，你听清楚了，我们必须分开，只不过我不想离开，我希望你能走。既然你说过把房子送给我，那就要说话算数；既然你已经成全我那么多了，那就好人做到底，再成全我一次。下辈子，我一起报答你。”

15

我竟然答应了她，净身出户。一切的一切，都留给了她和那个男人。

再一次地，我变得一无所有。

再一次地，我的内心充满绝望。

和之前不同的是，这一次，绝望中包含着恨。

原来爱和恨真的可以并存，原来爱而不得到了极致就真的成了恨。

是的，我依然深爱着叶子，但是我也恨着叶子，她对我实在太残忍。既然我无法真正得到她，我就要毁了她。

是的，我要报复。

我想了很多报复的方法，比如将她囚禁，让她一辈子出不去；再比如毁容，让别人看到她就害怕；或者直接用刀刺进她的胸膛，然后再自杀，抱着她死去，做一对苦命鸳鸯。我想了很多很多，可最后这些残忍的想法都被我否决了。

否决的原因不是太残忍，而是还不够残忍。

我要让她痛苦，让她后悔，让她生不如死。

所以我选择了最后一种方法，一种最难也是最有效的方法，那就是等她真正爱上我的时候，突然抛弃她。

是的，这几乎不可能，但不代表我彻底没机会。既然她可以离开那个男人一次，那么就可以离开第二次，他们之间的根本矛盾并没有解决，甚至永远不会解决。

她一定还会受伤，受伤了就一定会想起我，这已经成了她的惯性；惯性，就是我们最无法抵抗的力量。

所以，我不能愤怒，更不能放弃，我要做的就是继续等待，继续忍耐，忍耐她的无情，忍耐她的背叛，等待她再一次伤心欲绝地出现在我面前，然后我继续无条件地对她好，无条件地付出。

就像毒品一样，我要让她依赖，让她上瘾，让她无法自拔。

哪怕她依然会离开我，伤害我，但只要这个逻辑成立，总有一天她会倦了、累了，不会再走，而那个时候就是我报复的最佳时刻。

所以，我很快平复了所有怒火，收起了所有残酷，像一只冬眠的刺猬，蜷缩在无人关注的角落。

表面上什么都没改变，然而一切都已经截然不同。

16

事实很快证明，我的推断完全正确。我原以为还需要一段时间她才会再次出现，可不过短短两周后，她就哭着找到我，告诉我那个男人再一次抛弃了她，这一次她真的死心了。

她抽泣着对我说："如果你不嫌弃我，我想重新和你过。"

很好，我微笑着点头，说我一直在等她，我从来就没怪过她。

她含笑扑进我的怀里，发誓绝对不会再伤害我，否则猪狗不如。

呵，不过一个月后，她就猪狗不如了。只要那个男人一句谎话，她就立即义无反顾地无情离开。

无所谓，她还会回来。

就这样，半年内，她离开了四次，回来了四次，像一条鲟鱼，不知疲倦地在河岸的两端来回潜游。

而每一次反复，都让我对她的恨多一点，再多一点。

终于，在我的耐心耗完之前，她不再洄游。

她没有像以往那样许下诺言，也没有再流下鳄鱼的眼泪，只是静静地看着我说："我真的累了，你带我离开吧。"

我说："好，你想去哪里？"

她说去哪儿都行，只要和我在一起。

她还说要换了手机号码，删了QQ和微信，她要让那个人再也找不到自己，她要重新开始生活。

那天晚上，我们第一次发生了关系，她主动提出的，我问她想好了没有，她点头，说不后悔。

事后，她紧紧拥抱住我，在我耳边柔声说："你还记得我曾经说过的话吗？"

我认真地告诉她，她说过的每一句话，我都不会忘记。

她也很认真地告诉我，她已经爱上了我。

17

我们很快来到了西北一个完全陌生的城市，那里没有人认识我们，我们也不认识任何一个人。我的世界只有她，她的世界也只有我，我们就像世上每对相爱的恋人一样幸福，白天手牵手买菜，晚上缠绵入睡，说很多很多的情话，一刻都不分开。

睡觉的时候，她总是会紧紧抱着我的胳膊，否则就会觉得没有安全感。

无数次她从噩梦中惊醒，然后泪流满面，惊呼着让我不要走。

原来觉得她太冷漠，真正相爱了才发现她是那么容易依赖一个人，我不在她的视野里超过十分钟，她就会紧张，一定要立即找到我。

为了不让她胡思乱想，我买了只苏格兰折耳猫，我们像照顾孩子一样照顾这只猫，把它养得又肥又懒。

在我的安慰和呵护下，她变得越来越爱笑，笑起来的样子像小孩，纯真而美好。

她说和我在一起的这些日子是她有生以来真正快乐的日子。

她还对我说了很多很多次谢谢，谢谢我一直没有放弃她，一直没有离开她。

好多次看着她美丽的笑容，我渐渐麻痹，觉得这就是我渴望的生活，为什么还要破坏？

如果我放弃那个邪恶的念头，或许我们真的可以幸福地生活，直到老去。

我究竟该怎么办？

半年后的一天早上，叶子突然推醒梦中的我，满脸幸福地对我说：“老公，我怀孕啦。”

我没听清，揉揉眼睛看着她。

“老公，我们终于要有孩子了，我好开心。”她的眼泪滑了出来，“我以为我再也没法怀孕了，老天真是对我不薄。”

她还说：“你最喜欢小孩了，我要为你生好多好多小孩，好吗？”

我紧紧地拥着她，说：“好。”

那一瞬间，我心如止水，我知道，我等待的时刻终于到了。

接下去的几天里，我的表现没有半点异常，对她继续关爱有加，只是偷偷将我们所有的存款都取了出来，然后悄悄买了一张离开的车票。

那天夜里，我照例抱着她入眠，听着她渐渐平稳的呼吸，看着她微隆的肚皮，还有幸福的表情，在她的额头上吻了一下又一下，然后轻轻打开门，走出去，再轻轻关上门。

我没有留下任何线索，甚至一句话、一个字都没有。

等她醒来的时候，我已经离她远去，彻底消失，并且永远不会再见。

她无法找到我，也不会知道我的任何消息，甚至不知道我为什么会离开，是爱还是恨，是死还是活。

我能想象那一瞬间她会多么绝望、多么崩溃，此后的日子里，她一定会非常非常痛苦，而且永远无法忘记我。

很好，这就是我要的报复，就像一次完美的伏击。

而从这一刻开始，我将不再有感情，只要我绝对无情，那么我就会绝对无敌。

我信奉只有绝对无情，才能绝对不受伤。
所以，千万不要爱上我。

卢一荻

Chapter 5

如果有来生，让我们好好相爱

我爱的给不了我未来。
能给我未来的，我又不爱。
不但不爱，还要以绝望的心情、邪恶的姿态，
将这份爱尽情摧残毁坏。
亲爱的甄帅，对不起，
如果真有来生，让我们好好相爱。

—— 卢一荻

1

我要报复。

我要让余阮为他的无情付出代价，我要让他明白，女人复起仇来，连魔鬼都害怕。

而报复的第一步，就是找一个备胎。

这对我而言当然不是什么难事，只要我愿意，心甘情愿当备胎的男人不在少数。

只不过一般的男人根本无法伤害到余阮，甚至会让他觉得很可笑。

幸好我很快认识了一个非常合适的人选，他叫甄帅，一个长得并不算太帅的家伙。

说他合适是因为他也是个很厉害的混混，而且是鹿安最好的兄弟。

既然余阮口口声声说要杀了鹿安，那我就给他这个机会。

至于最后是他杀了鹿安，还是被鹿安杀了，这就要看他的造化了。

不管如何，我都要让他付出血的代价。

2

认识甄帅实属意外。

和余阮分手后，我每天都行尸走肉般地活着，不想上学，不想回家，不想吃饭，不想和人交往，就连璐宛溪我也不想见。我把自己封闭在一个窒息的空间里，对谁都不友好，对这个世界更是充满憎恨，我心里再没有半分柔软，所有的念头都是复仇。

一天下午，李慧珍突然叫我回家，说有重要的事情和我商量。

等我回去后，她支支吾吾地问我能不能给我找个后爸。

我想也没想就对她咆哮："你还嫌不够丢人现眼吗？你究竟还要伤害我到什么时候？"

李慧珍哀求了我很久，我就是不答应，不但不答应，还讽刺她是狐狸精，明明自己想找男人了，还偏偏说给我找后爸，简直太不要脸了。

最后李慧珍崩溃了，她又号啕大哭说为了我已经耽误了青春，她是我妈可也是女人，为什么我不能再给她一次机会。

我没哭，冷笑着说："既然你把我生下来，又让我活得这么痛苦，我们就是要互相折磨，除非你杀死我，否则我绝对不会同意。"

李慧珍让我滚。

我立即摔门而出。

站在马路上，烈日灼心，突然不知道该何去何从。

就这样，我一点一点把自己给毁了，仿佛只有毁灭，才是我唯一的出路。

突然头晕目眩好想吐，我毫无顾忌地在马路中间蹲下，干呕了起来。

两侧飞驰而过的车纷纷躲闪，司机们一个个伸着脑袋骂我。

"傻×，脑子有病，当心老子撞死你……"

我根本不在乎，心想有本事你们就真把我撞死，不敢撞就别骂人。

也不知道蹲了多久，感觉好点了，我缓缓站起来，慢慢向马路对面走去。

耳边突然传来巨大的发动机轰鸣声，一辆摩托车突然以极快的速度向我冲了过来。因为我就在车的正前方，摩托车司机一直对我狂按喇叭，还不停地闪着远光灯。

本来我已经决定避让了，可他如此无礼让我很生气，于是我干脆站停不动，狠狠地瞪着那摩托车司机。

摩托车一点减速的意思都没有，喇叭声更急促。

我也一点动的意思都没有，最后干脆闭上了眼睛。

我明显感受到一阵强风扑面而来，我想这次我肯定会被撞死了，这么短的距离，这么快的车速，就算刹车也来不及。

撞死也好，死了就一了百了。

我情不自禁地张开双臂，迎接那致命的撞击。

可是没有，随着长长一声尖锐刺耳的刹车声，一切瞬间恢复平静。

我睁开眼，摩托车的车头斜横在我面前，离我最多只有五厘米，车后拖着黑黑长长的刹车印，正好绕着我一圈，清晰记录了刚才刹那间惊心动魄的轨迹。

司机从车上下来，摘掉头盔，露出满脸的青春痘，竟然是一个长得很像王大陆，说话更像王大陆的家伙。

“王大陆”先是检查了一遍车，然后瞪着我问：“你说你是不是故意的？”

我冷冷地回答：“是又怎样？”

“你就不怕我把你撞死？”

“不怕啊！”

“我怕！”“王大陆”激动得快跳了起来，“我说姑奶奶，你要找死可以跳河、上吊、烧炭、割腕，你别整这出啊，刚才真是吓死老子了，还好老子车技好，会漂移。我可告诉你，你活够了，老子我还没活够呢。”

这个一口一个“老子”的人就是甄帅，一个外表彪悍，内心孩子气的家伙。

我不想和他磨叽，继续往前走，他却没完没了地开着车跟着我，不停地没话找话说。

“哎，你说你小小年纪，为啥想不开要寻死呢？

“一般来说，你这种情况都是为情所困，你是不是被哪个男的欺负了？你告诉我，我帮你揍他去。

“你是不是觉得我像坏人啊？你别看我长得凶，其实我是个好人，他们都说我心里住着一个小萝莉呢。

“你现在要去哪里？我可以陪陪你，我怕你再想不开，我是认真的。

“我真的是认真的，刚才我挺不好意思的，你说要是真把你撞死了，我得多内疚啊！”

我突然停下来，看着他：“我想唱歌，你陪我吧。”

“好啊，可我不会唱，可以吗？”

“当然，只要你带钱了就行。”

“绝对没问题，请！”“王大陆”潇洒地做了个上车的动作。

我坐在摩托车上，紧紧抱着他的腰。摩托车发出巨大的轰鸣，然后飞驰而去，激荡起我的长发在空中飞扬，驶向未知的远方。

3

那天我一口气唱了至少四个小时，一刻不停地唱，撕心裂肺地唱，唱到大脑缺氧，唱到大汗淋漓，唱到精疲力竭，唱到最后瘫倒在沙发上。

甄帅从头到尾一步不离地陪着我，任劳任怨地帮我点歌，还不停地给我递水、递纸巾。

“你唱得可真好听。”这是他全程说过的最多也是唯一的话，从他的眼神中我看不到欲望，只有欣赏。

“我要走了。”我终于又活了过来，“谢谢你请我唱歌。”

“哎，你叫什么名字啊？”他拉住我的胳膊，“听你唱了一下午歌，连你叫什么都不知道，太不靠谱了。”

我甩开他：“我们不会再见了，拜拜咯！”

他还想说什么，放在台面上的手机突然响了。我习惯性地看了一眼，来电显示：鹿安。

我的心“咯噔”了一下，我不由自主地停了下来。

甄帅很快接听好电话，然后对我解释：“本来下午我是要去我大哥那儿的，结果遇到你，就给耽误了。”

“我叫卢一荻，很高兴遇见你。”我改变主意了，对他微笑，“要是以后我想唱歌了，就找你好吗？”

4

那段时间，我的心情一直很差，所以甄帅总是请我唱歌。

每次都一样，不管我什么时候想唱歌，想唱多久，甄帅从不过问，更不会干涉，而是静静地陪同，并且对我言听计从。

有一天很晚了，我唱着唱着突然想吃小笼包，甄帅皱着眉头说这可不好办。

“不，我就想吃。”

“那我试试看吧。”

一个小时后，他风尘仆仆地提着热腾腾的小笼包回来了。他说他砸开了一家包子铺的门，把老板从热乎乎的床上拎了下来，然后现包的。

还有一次，我嫌隔壁房间唱歌的声音太大，影响了我的心情，甄帅让我等会儿，说他去处理下。

我以为他会找经理投诉，结果他直接冲进去把那房间里的人统统赶走了。

从来没有一个人对我如此之好。

他对我的好还体现在其他无微不至的关怀上。看得出来，他没什么感情经验，虽然表达情感的方式很质朴，甚至笨拙，却非常真心真意，这也是我从来没有遇到过的。

他似乎真的只在乎我高不高兴，而不在意自己得不得到。

如果不是因为我也曾死心塌地地爱过一个人，我一定读不懂他的心。

我故意警告他千万不要喜欢上我，因为我不是他以为的那种好女孩。

甄帅快哭了，他说：“你干吗不早点告诉我？”

说完又补充：“早告诉也没用，除非没有遇见你。”

说完再补充：“那我得少了多少乐趣，还是遇见好。”

我继续警告：“我真的很坏很坏，而且特任性，你还是不要再找我了。”

说这些话时，我的心狠狠一痛，我突然想到当初余阮也是如此警告我的，可我还是义无反顾地扑了上去。

甄帅当然也一样，他听后一脸无所谓：“能有多任性？”

我随手指着面前的河：“比如我会突然想让你跳下去，没有理由。”

他看看我，又看看河，叹了口气：“看来你真的很任性。”

我本想说“怕了吧”，结果话还没说出口，他人就“扑通”一声跳了下去。

爬上来的时候，他哆嗦着说：“好冷啊，冻死我了。妈的，以前我可是敢冬泳的人，零下十度都不怕。喂！你干吗笑，你是不是觉得我吹牛×？”

我突然好感动：“不，我觉得你像个傻瓜。”

5

是的，无论甄帅如何表现，在我眼中，他最多是一个傻瓜。

这个傻瓜除了请我唱歌，请我吃饭，还会给我买衣服。他总说我身材很好，需要漂亮的衣服才能衬托。

我当然不会拒绝，心安理得地带他去各种高档商场购物，每次他都会花好几千块钱，眼睛眨都不眨。

看着我穿上新衣服，他会由衷地赞美：“你可真漂亮，你就应该穿这些漂亮衣服。”

我虽然脸上泛着笑容，却心如止水。

在余阮那里，我是不折不扣的荡妇、奴隶、没有尊严的臭婊子；可在甄帅这里，我是圣洁的、明媚的、不染尘埃的天使。

在余阮那里，我用尽全力却换不来他的半点良心；可在甄帅这里，我虚与委蛇，毫无付出，他却如获至宝，甘之如饴。

这个世界可真荒唐，还充满了谬误。

6

如此过去了一个多月，我琢磨着时机差不多成熟了，可以往前一步了。

我问甄帅：“你说过你喜欢我，想保护我，还有效吗？”

他欣喜若狂，原地连翻了几个跟头，说话都因为太激动而变得断断续续："有效……有效……我一直在等你同意……我好高兴，我……我好想打人啊！"

大概这就是他表达自己开心的方法了吧。

唉！如果不是为了报复余阮，或许我真的会考虑和这个傻瓜好好谈一场恋爱。

7

就这样，甄帅终于如愿以偿地和我"好"上了，我也开始认真扮演他的女朋友。

除了不让他碰我，其他我应该都扮演得不错。

我说过，谈恋爱是我最擅长的游戏，特别是假戏真做，我能演得天衣无缝，毫无破绽。

在我的掌控下，甄帅对我越来越宠爱，好到我都觉得过分，有时候我完全就是无理取闹，可他还是无限包容。不管我提什么非分要求，他都全力去做，做不到就不停地向我道歉。他明明是一个脾气很大的人，可在我面前就像最乖巧的猫咪一样温顺。

有一次，我突发奇想，让他亲亲我。

甄帅紧张到手足无措，支支吾吾说不敢。

我骂道："你他妈还是不是男人？"

甄帅说："我当然是男人，可是我不想做让你不高兴的事。虽然你是我女朋友，可是我知道你还没有做好准备，我不想让你为难。"

我佯装生气，吼他："别废话了！我让你亲你就亲，过期作废。"

他听话地在我脸颊上蜻蜓点水般地轻吻了一下，拥抱着我的胳膊明显发抖。

我深深叹了口气，然后对他说："你真的好傻，女孩总是言不由衷，嘴上说不愿意，不代表心里不想，你要主动点，这和爱无关。"

甄帅认真点头："我懂了。"

然后又说："其实懂不懂都一样，因为我再也不会和其他女孩谈恋爱了。"

我快走两步，不想让这个傻瓜看到我的泪水。

多么完美的爱情啊，可惜用不了多久，这一切都会终结。

8

一份美好的感情当然不能只有甜蜜，所以我还会故意制造一些麻烦，虽然每次都无法如愿以偿。

比如我会挑衅地问他："你知不知道我以前的男人是谁？"

甄帅摇头说不知道，也不想知道。

我又问："我有过很多男人，你也不在乎吗？"

甄帅还是摇头说不在乎，他说我只在乎你有没有被欺负，现在过得好不好。

甄帅还说："我从来没谈过恋爱，也从来没喜欢过一个女孩，以前我的世界里只有兄弟义气和打打杀杀，是你让我明白了生活里还有这么多的可爱。世界那么美，不如你好看。"

甄帅继续说："你看我现在，矫情得像个诗人。可是我喜欢现在的自己，因为有你在，我变成了不一样的我，所以我要谢谢你。"

我的眼泪滑了出来，问："怎么谢？"

甄帅立即发誓："等你毕业了就娶你，然后宠你一辈子。"

我醉了，我想，要是这话是余阮说的，那该多么美好。

可惜，我爱的给不了我未来。

能给我未来的，我又不爱。

不但不爱，还要以绝望的心情、邪恶的姿态，将这份爱尽情摧残毁坏。

亲爱的甄帅，对不起，如果真有来生，让我们好好相爱。

9

在离开余阮后的第五十八天，我决定行动。

那天晚上，我本来说好要陪甄帅去见他大哥也就是鹿安的，自从我们“恋爱”后，甄帅一直希望我能见见鹿安，因为鹿安是这个世界上除了他父母和我之外对他最重要的人。我一直都拖着，原因很简单，我害怕被鹿安识破什么，对于这个人，我总莫名其妙地充满了畏惧。甄帅对此虽然不太高兴，却从没有强求，所以等我终于答应时，他特别兴奋，说晚上订了包间，要请鹿安以及其他几个好兄弟和我见面，让大家看看我这个未过门的媳妇儿。

他们人越多，我就越满意。我同样表现出很开心的样子，让甄帅先去准备，我要去美容院做头发，然后再买些礼物，给他的兄弟们留个好印象。对此甄帅毫不怀疑，还连夸我懂事。

和甄帅分开后，我哪儿都没去，而是在晚上聚会饭店附近的酒店开了间房。布置妥当后，我给余阮发信息，告诉他我想他了。

我不能确保余阮一定会出来，毕竟分开的这五十八天，我们从来都没有联系过。

如果他根本不搭理我，那么我的计划就会落空，只能另寻他法，但肯定又要耽误很久。

因此，信息发出后的几分钟，我感觉像一个世纪那么漫长。

老天开眼，在熬过了痛苦的几分钟后，余阮不但给我回信息了，而且让我立即去他家找他。

我按捺着激动和紧张的心情，告诉他我不想去他家，因为那地方充满了伤心的回忆，如果他想见我，就来找我，然后把房间的信息发给了他。

余阮很快再次回复：等我。

我回复：好。然后洗了个澡，赤裸着躺在床上，大口大口呼吸着，试图平复狂跳的心脏。我告诉自己千万不要慌张，更不能露馅，两个月的准备，都是为了今天，所有的恩恩怨怨也都要在今天有个了结。

一小时过去了，余阮还没有来，我问他到哪里了，他说突然有点事，让我再等会儿。

我当然不敢再催，只能说：不急。

其间甄帅给我发了好几条信息，问礼物买得怎么样了，现在人在哪里，他和兄弟们已经陆续出发了，让我务必准时到。

我回复：好，还在做头发呢。然后再加上一个笑脸。

发送时，我突然产生幻觉——我把给甄帅的信息发给余阮了，吓得立即撤回。

我感觉自己紧张得快灵魂出窍了。

天色渐渐变暗，余阮始终没有出现，时间变得前所未有地凝滞，每一分钟都无比漫长，每一分钟都让人窒息。

或许他察觉到了什么，或许老天不想让我报复他。

就在我绝望到想放弃的时候，谢天谢地，突然传来轻轻的敲门声，余阮终于出现了。

我赶紧将手机调成飞行模式，开启摄像功能后放到床对面，然后去开门。

门开的一瞬间，看到了那张让我又爱又恨的脸庞，我的眼泪不由自主地涌了出来，连我自己也说不清是真情流露还是演戏需要，我不由分说地扑上前死死地抱住他。

让我意外的是，余阮的回应同样很热烈。他一言不发，也没有给我说话的机会，生生把我抱离了地面，然后扔到床上，甚至连衣服都顾不上脱，就开始狠狠地要我。

我没挣扎，大声呻吟着，迎合着，彼此释放最原始的欲望。

熟悉的姿势，熟悉的味道，熟悉的体温，一切都是那么亲切，这份亲切几乎让我沉沦。而在眩晕到极点之际，我望着黑暗角落里发着猩红之光的手机，心满意足地闭上了眼睛。

够了，一切都该结束了，我凌乱不堪的爱，我糟糕透顶的青春。

余阮没有像以往那样在完事后立即冷冰冰地走开，而是依旧将我热情拥抱，这多少出乎我的意料。

而没等我开口，他先说话了："我就知道，你一定会回来找我。"

他说得很真诚，而且语气炽热。

我不置可否，将头深深埋进他的怀抱，贪婪地呼吸他身上的味道。

他点燃一根烟，继续温柔地问："这些日子你过得还好吗？"

我不想回答，只是说："我也想抽烟。"

他听话地给我点好烟，送到我嘴边，突然说："如果我说这些日子我一直很想你，你信吗？"

我摇头，眼泪又涌了出来。

"我知道你不信，不过这是真的。"他长长叹了口气，"你知道，我从来不会对你说甜言蜜语。"

"那你为什么从来不找我？"

"因为我也不确定我到底想要什么，直到今天接到你的短信，我突然什么都明白了。"余阮说完，捧起我的脸，"我真的很想你。"

多么动人的情话啊，我听得如痴如醉，可惜，一切都来得太晚了。

我起身，说上洗手间，然后悄悄地拿起手机。

余阮心满意足地躺下，还让我快点，等会儿他还要好好爱我。

洗手间里，我将手机的飞行模式关掉，甄帅的信息很快涌了进来，还有好几通未接来电。

我不慌不忙地将录好的视频截图发给了甄帅，同时发送了酒店地址和房间号，以及两个字：救我。

发完后，我号啕大哭，透过那汹涌的泪水，我仿佛看到了过去，那个跌跌撞撞闯进来的醉汉，那个一遍又一遍给我唱歌的男孩，那透过雾气的温情微笑，那无限爱怜地看着小猫的眼神，那说要挣够一个亿的豪情，那说连自己都养不活的落魄。我是如此深爱着这个人，可是他毁了我，而现在，我也要亲手毁了他。

那些隐秘的过往，还有脆弱和疯狂，
多年后回望，依然觉得太过荒唐。

璐宛溪

Chapter

等待被你定义的我

人生就是这样，进来一个人，就会出去一个人；盛开一朵花，就会关闭一扇门。
有些事情正在发生，无论靠近还是远行，你都无能为力。
当有一天不再挣扎，不再反抗，或许就真的长大了。

—— 璐宛溪

1

我曾经和鹿安讨论过理想。

我说我的理想是和卢一荻、陶梦茹永远在一起，永远不分开。

鹿安说我这叫梦想，不是理想。

鹿安还说这明显就无法实现，为什么我还那么当真。

我说我从来没想过这个问题，而且我认为这并没有什么不可能。

鹿安接下来问了一个问题，却让我无法回避。

鹿安说：“那你有没有想过，她俩是否也愿意和你永远不分开呢？”

我肯定地回答：“当然了，我们是最好的朋友，我们的想法应该是一样的。”

鹿安摇头：“那可不一定。七七，你最大的问题就是太相信自己，总认为别人的想法和你一样，所以很多时候，你的好心往往成了别人的负担。”

记得当时我还嘲笑鹿安内心太阴暗。

现在想想，那时的我是多么幼稚。

我问鹿安他的理想是什么。

鹿安想了很久，认真地说，他所有的努力只不过是为了证明他并不是一只必须生活在父辈羽翼下的蛀虫。

我听不懂他的话，所以并没有追问。

现在想想，我们其实是同一种人。

一个拼命证明自己是对的，一个拼命证明自己还可以。

2

那天走出仓库后，我依然呼吸急促，头晕乏力，感觉刚才像做了场梦一样。

“吓坏了吧。”鹿安对我微笑，调侃道，“你不是一直挺能耐的吗？”

这样毒舌还有点坏的鹿安才是我熟悉的那个人啊！只是我再也不能像以往那样和他没心没肺地斗嘴了。

“一起去吃晚饭吧，给你压压惊。”

我木然地点头：“哦，还有谁？”

“没外人，就是我最好的几个兄弟——上车吧。”

我麻木地坐上鹿安的摩托，任由他载着我来到市区一家很高档的酒店。推开包间门，里面坐着的几个人立即站起来欢迎：“大哥来啦！”

鹿安亲切地和他们寒暄，看得出来他们关系很不错。

鹿安没有刻意介绍我，我老老实实地找个地方坐下来，悄悄打量着他们。今天发生的一切都是那么新鲜，我需要时间好好消化。

没过多久，甄帅又带着几个人进来了。这家伙一来，现场气氛就更热烈了。甄帅伸开双臂，非要和鹿安拥抱。

鹿安竟然有点不好意思，不过还是和甄帅轻轻抱了一下，然后问：“人怎么样了？”

“放心吧，残不了，不过也有他受的了，没一年半载好不利索。”

“嗯，辛苦大家了。”

“千万别这么说，能够和大哥再次并肩作战，好幸福有没有？”

四周的人赶紧点头附和：“有有有。”

我观察他们的表情，都很真挚，绝对发自内心。

倒是鹿安，看上去有点犹疑，眼神闪烁着说：“谁说我以后还要带着你们一起玩的？”

甄帅一下子急了：“啊！不会吧，大哥，难道你还要闭关啊？这不今天都重出江湖了嘛！”

晕，他们到底在说什么呢？怎么感觉像演话剧一样，好不真实。

鹿安不言语，表情似乎很纠结。

“大哥你听我说啊，现在你必须出来主持大局了，自从你闭关后，多了很多不上道的家伙，成天咋咋呼呼的，个个都说要当老大，我们好几个兄弟都被打伤了，咱从没这么丢人过。”

“我说过不再打架了。”鹿安长长叹了口气。

“可是你今天破戒了。”甄帅边说边看着我，突然一乐，露出满嘴大黄牙，“而且感觉身手更好了哦，看来这段时间没少练啊！”

“今天算例外，那哥们脑子进水了，竟然敢欺负七七，这可不行。”

“大哥，这话我可不爱听，什么叫欺负七七不行，难道欺负我们兄弟就可以啦？你这不见色忘义嘛！”

鹿安无言以对。

“人不犯我，我不犯人，人若犯我，虽远必诛。大哥，你说过，没什么比兄弟在一起更重要，以前的事情过去就过去了，我们应该一起向前看，好不好？”甄帅举起酒瓶，振振有词，“来来来，喝了这瓶酒，让我们兄弟重新开始。”

真没想到这家伙看上去五大三粗的，口才还真是不错，难怪卢一荻会和他谈恋爱。

其他兄弟也纷纷举起酒瓶，看着鹿安，眼神中充满了期待。

鹿安慢慢地举起酒瓶，好像在挣扎着做决定，最终闷吼了一声：“好，喝！”

“哈哈哈……爽！”包间里立即爆发出一阵欢呼，这帮傻瓜一个个都一口气将瓶中酒喝光，然后看着彼此开怀大笑。

我觉得好夸张啊，如果不是亲眼所见，真的会觉得在拍电视剧，而且还蛮幼稚的。

他们明明是很好的兄弟，为什么会分开？以前到底发生了什么？怎么感觉有很多故事呢？哼！回头我得好好问问鹿安，真没想到他竟然有那么多事情瞒着我。

“七七，你不喝酒吗？难得这么开心，来一杯呗！”甄帅开始闹我了，“你喝一杯，我喝一瓶怎么样？”

我才不上当呢，故意激他：“不怎么样，有本事我喝水，你喝酒，你想喝多少，我就陪你喝多少。”

“行啊，就怕你喝不下那么多水……服务员，倒水。”

可能因为晚上生意太好了，服务员始终没进来。眼看甄帅要发飙，我赶紧跑出包间，从柜子上端了个水壶进来，然后倒满一杯，说：“我先干为敬，谢谢你拔刀相助。”说完，“咕嘟咕嘟”一口气喝完。

奇怪，怎么水的味道怪怪的，还有点油乎乎的呢？

“牛×！”甄帅一口气又干完一瓶，“你千万别和我客气，你的事就是大哥的事，大哥的事就是我甄帅的事。我跟你说，就这都不算事，以后再有人敢欺负你，我第一个拿刀去砍他。来，再喝一杯。”

我又倒了一杯，正迟疑着要不要再喝，味道实在太不好了。

服务员突然冲了进来，神色慌张地说：“不好意思，刚才那水不能喝的。”

我呆若木鸡：“为什么呀？”

“那是我们刚刷完锅底的水，还没来得及倒。”

现场先是冷了几秒钟，然后鹿安他们突然一起哄堂大笑起来。

甄帅笑得最厉害，最后都呛了起来：“我的妈呀，笑死我了。哎，刷锅水什么味啊？来，继续喝呀，你一杯，我十瓶。”

我又气又窘，直跺脚。

“你是猪吗？”鹿安边笑边对他的兄弟们说，“我一点都不奇怪，七七就是这样糊涂的人，我第一次看到她，她还掰着手指头数数呢，特傻。”

我没好气地回过去：“你才傻，你全家都傻！”

鹿安又是笑笑，然后无奈地摇了摇头，继续喝酒了。

一桌人又哄笑，甄帅说：“可从来没有女孩敢这样和大哥说话。”

我不甘示弱：“那是因为他没碰见我。”

甄帅继续插科打诨：“我看也是，每个人都有自己的克星，大哥命中的克星就是你。”

我冷笑：“这就不劳你操心了，你还是把自己的克星搞定吧。”

“对对对，我家那位也不好惹，有机会带过来让你们见识见识，不过她现在还不愿意。”提到卢一荻，甄帅就更兴奋了，“对了，说起来你们还是同学，亏得我之前还想撮合你和大哥呢。”

鹿安也恍然大悟：“原来你说要给我介绍的女生，就是七七？”

“没错，我第一次看到她就觉得你俩特别像，就想给你介绍，结果还被她骂了一顿。没想到你们早就在一起了。”

我瞪甄帅：“你快别瞎说了，我和鹿安什么也不是。”

甄帅有点愣住了：“不会吧？”

“干吗，不可以吗？”

“确实我和七七现在还只是普通朋友，你们开玩笑得注意点。”鹿安及时解围。

“那也没事，谁都是从普通朋友发展起来的。七七，我跟你说啊，你长点心吧，大哥可以为了你破戒，你就算以身相许也不为过，告诉你，好多女孩排队等着大哥选呢，可我们大哥从来都不搭理。”

真是哪壶不开提哪壶，我正琢磨着要不要再顶回去，鹿安站了起来，对所有人大声说：“好了，不聊这个，今天我们兄弟难得团聚，来，喝酒。”

3

那顿饭吃了好久，我实在撑不住了，提出要先走。

没想到鹿安竟然直接宣布散席，搞得甄帅他们很失落，看他那表情，好像本打算喝到天明。

我让鹿安别管我，他不肯，一定要送我回去，我没再拒绝。

他车开得简直比走路还慢，从酒店到我家最多五公里，他整整开了半个小时。到了的时候，他竟然还感慨：“今天怎么这么快！”

我没好气地说：“怎么就快了？我觉得太慢了。”

鹿安细声细语：“我知道你在想什么，你别和甄帅他们一般见识，他们都是粗人，也没什么坏心。”

“谁说我和他一般见识了？我就是想不通怎么就有好多女孩排队让你选，我怎么从来没见你选过，还是你都偷偷摸摸的？”

鹿安忍俊不禁：“他瞎说的。”

“我看不见得，你不知道有多少事瞒着我呢。”

“以后慢慢告诉你。乖，别生气了。”

我深呼吸了一口气，看着鹿安：“虽然你不喜欢听我说谢谢，可是今天我真的要谢谢你。”

“行，我收下了。你快回去吧，早点休息。”

“你也是，拜拜！”我转身，强忍住不回头，快步走进小区，装作根本不在意的样子，然后在确定他看不到我的拐角处立即停下，偷偷回看，发现他始终像雕像一样看着我离开的方向。

4

那一夜，我又失眠了。

和前一晚失眠不同的是，不是因为害怕，而是因为思念。我躺在床上翻来覆去睡不着，以每隔十秒钟的频率看一次手机，手机却始终悄无声息。

挣扎了半天，还是决定主动问候一声鹿安。本想问他到家没，觉得很白痴；又想问他在干吗，觉得太主动。信息写了又删，最后决定问他睡了没。

结果信息刚发出去，就收到了他的信息，竟然是一模一样的三个字：睡了没？

我好开心，赶紧编辑了一个笑脸发过去，结果又同时收到了一样的笑脸。

我情不自禁地笑了：“讨厌，能不能别学我？”

他回答：“心有灵犀。”

于是，我抱着手机好好聊了起来。

“你在干什么啊？怎么还没睡？”

“什么也没干，只是在想某个人。”

“哦，那你和某个人说好了，干吗还和我聊天？”

“因为某个人是猪，听不懂。”

“哈哈！”我笑出了声，将手机放在胸前，突然一阵感动，我问他，“你真的会把你的过去都告诉我吗？”

过了好半天，他回道：“等合适的时候。”

“什么时候才合适？”

“应该快了吧，我想我已经做好准备了。”

他这句话又让我不安起来。我不知道鹿安过去究竟发生了什么，但我知道一定很复杂；我也不知道现在我对他到底是什么感觉，但我知道离开他，我就很想念他；我不知道未来会怎样，但我知道我的生活已经无法再回到从前；我不知道自己是否已经做好了准备去面对变化，但我知道已经无路可退。

既然无路可退，那就好好面对吧，不迎接也不拒绝，不害怕也不奢望，不管未来发生什么，明天又是崭新的一天。

5

因为极度困乏，第二天我一直昏昏沉沉的，感觉时间过得超慢。好不容易熬到放学，我立即以百米冲刺的速度赶往奶茶店，还没进门就听到里面传来吵闹声，夹杂着欢声笑语。走进去后，发现屋里挤满了人，有些昨天一起吃过饭，更多的是新面孔，从穿衣打扮上来看显然都是些流氓、混混，每个人似乎都很开心。他们笑着、闹着，肆无忌惮地坐在奶茶店的各个角落，两个大冰柜里所有能喝的饮料都被取之一空，甚至做奶茶的原料都被他们给用没了。音乐也很大声，还是又吵又烦人的电音。这些家伙就提着杯子，一边晃来晃去一边互相碰杯，好像在开一场party，看我进来后，还吹起了口哨。

“噢……七七来咯，牛×！”

真是莫名其妙啊！我没搭理他们，皱着眉头径直走到后院，发现那里人更多也更热闹，地上堆满了啤酒瓶，桌上全是残羹冷炙。人群最中间就是鹿安和甄帅，他们正绘声绘色地说着什么，估计是在吹牛吧。特别是甄帅，手舞足蹈，表情丰富，就差上房揭瓦了，而鹿安也笑得特别开心，我从来没见他那么开怀大笑过。

突然好嫉妒，为什么他这么高兴不是因为我？

我重重地咳了两声，见到我后，甄帅立即对我招手，大声说：“七七，你来得正好，赶紧一起喝酒。”

我拉着脸：“别这么叫我，我和你很熟吗？”

甄帅一点都不生气：“不喝拉倒，估计昨晚的刷锅水还没消化吧，哈哈哈！”

“烦人！”我瞪了他一眼，然后对鹿安没好气地说，“你们好好玩，我先走了。”然后，不等他反应，立即拔腿跑了出去。

可恨鹿安竟然没有追出来。

我在外面百无聊赖地逛荡了一大圈，最后还是不自觉地回到奶茶店，那些人都不知道去哪儿了，只留下一片狼藉的现场，要多乱有多乱。我无奈地长叹一口气，挽起袖子开始收拾，整整干了两个小时的活才算让奶茶店重见天日。

我以为这只是他们刚重聚的偶然现象，没想到接下去的日子几乎天天一样——从早到晚，奶茶店里永远聚满了人，就这样吃吃喝喝、打打闹闹，干脆连生意都不做了。

鹿安几乎每天都会喝高，我收拾的时候，他就躺在椅子上，边看着我边痴痴地笑。

“七七，你可真好。”他嘴里反反复复就唠叨这一句。

“你快别说了，傻死了。”我给他倒茶，嫌弃地说，“我知道你们感情好，可这帮人每天白吃、白喝、白拿的，总这样下去也不是办法。我都算过了，就你这奶茶店，现在一个月的收入还抵不上你们一天聚会的开销呢。”

鹿安听了直翻眼睛：“哈，这你都能算明白？”

我得意：“那当然，你真以为我是猪吗？”

“其实这才是我最想要的。”鹿安惬意地看着天空，“最初我开这家奶茶店就是想给兄弟们弄一个大本营，可以说现在它才算真正派上用场。”

“哼！那干脆让你兄弟们都搬过来住好了。”

鹿安一下子坐了起来，看着我认真地说：“靠谱，我们正商量这事呢。七七，你可真聪明。”

气得我懒得再理他。

6

看到鹿安一天比一天开心，我又高兴又不爽。

高兴的理由自然不用说，不爽是因为我能明显感觉到自从他和那帮兄弟和好后，对我的注意力就急剧下降，甚至可以说忽视了。

对此我虽然满心怨念，可又不知道如何是好，说起来，我和鹿安到现在也不过是普通朋友，我又能要求他什么呢？

何况，就算我要求，他也不一定会听。

在他心中，大概不会有什么比兄弟更重要了吧。

或许，他们出现后，就是我可以离开的时候了，本来这里也不是为我准备的。

或许，我们只是彼此生命中短暂的过客，能够同行一段时光，已是莫大的缘分。

那几天我想了很多，也想得很悲观，我开始强迫自己不再去奶茶店，不给鹿安发信息，不去想关于他的任何事。我告诫自己每个人都有自己的人生轨道，不要偏航，更不要逾越。

一天，两天，三天……每一天都备受煎熬，每一天都度日如年。

而最让我受不了的是，鹿安似乎根本没有察觉我的内心戏，他还是会若无其事地发信息问我为什么不来奶茶店了。

虽然每次收到他的信息我都会心跳加速，可我都会强忍着激动的心情，要么不回，要么装作厌烦的样子说：我忙着呢，别烦我。

鹿安也不生气，继续慢条斯理地说：可是如果你再不来收拾的话，我这里估计就能养猪啦！

看得我又气又笑，终于按捺不住，气呼呼地赶到现场，然后看着他们一边折腾一边收拾。

这个鹿安，实在太讨厌！

有时候我前脚刚收拾好，他们后脚又弄乱了，我就毫不客气地骂他们，反正他们也不生气。

可能是因为相处时间长了，慢慢地，我对这群人没那么厌恶了，觉得他们其实并不坏，而且挺有意思。他们都很年轻，个性张扬，虽然大多数人都没有工作，也活得迷茫，但脸上始终布满笑容。他们还对未来充满了好奇，总是说着各种不切实际的设想，尽管用不了三秒钟就会被自己人否定。他们彼此信任，互相鼓励，坚定地认为兄弟的存在就是彼此人生最大的财富。他们的存在彻底颠覆了我对社会边缘人群的认知，让我明白不能以偏概全地去定义别人，更不能对他们用简单的好坏加以评判。

那段时光最大的收获，莫过于此了。

对了，他们还取了一个类似“复仇者联盟”的组织称号，每个人都对应着漫威世界里的超级英雄，鹿安自然是钢铁侠，甄帅则是绿巨人。我总是嘲笑他们瞎胡闹，可是他们的表情都很认真，说什么警察不管的事情，他们都要管。我好奇地问他们到底想干什么，这一次鹿安对我卖起了关子，还让我不要过问。总之，他们不是坏人，也不会做坏事，他们只是看不惯这个社会的黑暗和丑陋，并且不打算妥协，所以立志成为城市的守护者、正义的化身，而终极梦想则是世界和平。

晕，世界和平——是不是很傻很天真？

7

不管如何，我和鹿安的弟兄们的关系越来越融洽，经常边干活边和他们斗嘴，不管谁调侃我，我都睚眦必报，一定要挤对回去。

每次我挤对人，鹿安都笑着摇摇头，显然对我一点办法都没有。

他们说不过我，就开始转移话题，特别是“绿巨人”甄帅，动不动就挑理：“七七你认真点，看你洗过的碗，还是脏的。”

我当然不服：“你行你上啊，否则别挑刺。”

“上就上，谁怕谁啊！”没想到甄帅袖子一撸，真的和我一起干起活来。

我本以为身材魁梧的他肯定笨手笨脚，怎么也没想到他干起活来特细心，而且效率超高，基本上我要两个小时才能干完的活，他最多半小时就搞定，而且更干净。

我好奇甄帅是怎么做到的，他得意地说：“小case（小意思）啦，我两岁就开始做家务了有没有。”

我脑子一热，也没多想，随口说：“两岁？要不要那么夸张啊，你爸妈呢，难道他们都不在吗？”

甄帅的眼神中闪过一丝阴霾，他低落地说：“我没见过他们，我从小和姥姥一起长大的。”

我从来没见过没心没肺的甄帅如此黯然，“哦”了一声，赶紧转移话题：“对了，你天天到这里，还有空陪卢一荻吗？”

提到卢一荻，甄帅果然什么都不记得了，立即眉飞色舞：“当然有了，只要一荻有空，我都会立即去找她，不过这几天她好像挺忙的。”

我失落地说：“确实挺忙的，不要说你了，连我现在想见她一面都不容易。”

“我觉得一荻是在为我着想，她知道我和大哥好不容易重聚，所以故意多给我点时间，好把过去错过的都补回来。”

虽然我一点都不这么认为，但还是附和：“或许吧，她心思其实挺细腻的。对了，你们和鹿安为什么会分开啊？”

“因为……”甄帅突然笑嘻嘻地看着我，“你真的想知道吗？”

我心里急得要命，嘴里却装作无所谓：“你爱说不说，我还懒得听呢。”

“那我就不说了，除非你求我。”

“讨厌，不理你了！”我气死了，噘着嘴到一边干活去了。

8

虽然甄帅总爱逗我，还惹我生气，可我还是和他成了很不错的朋友。

就像鹿安说的那样，甄帅看起来咋咋呼呼的，爱冲动，可心思其实很细腻，而且特热血仗义，朋友有困难，他一定会全力以赴去帮助，不计回报。鹿安很少对我提及他的过去，但好几次都说过，如果当初身边没有甄帅的不离不弃，他决计不会走到今天。

至于鹿安对甄帅的意义，就更不用提了。甄帅有一次喝多了，酒后吐真言，他说他这辈子吃了太多苦，遭受了太多委屈，可有两件事是幸福的：第一就是成为鹿安的好兄弟，第二就是成为卢一荻的男朋友。甄帅说着说着，突然痴笑了起来，他边笑边说自己特别爱卢一荻，为了她自己什么都可以放弃，哪怕是生命。

这是我第二次听到一个人说可以为了爱放弃自己的生命，我听了挺难受，却忍不住问他：“如果有一天卢一荻和鹿安同时落难，你只能救一个，你会救谁？”

一边是友情，一边是爱情，这个答案很难选，我自忖如果是我，一定会放弃。

可甄帅连想都没想就回答："这还要问？当然救大哥了。"

我还故意调侃："是因为卢一荻根本不会给你救的机会对不对？"

甄帅突然收起笑脸，很认真地对我说："当然不是，我爱卢一荻，我为了她可以连命都不要，可是大哥比我的命更重要，我可以为他好好活着。"

那一瞬间，我的眼泪喷薄而出，这是我听到过的最动人的承诺。

9

当校园里的银杏树上的最后一片黄叶飘落时，时间终于来到了十二月。

十二月是我又恨又期待的季节，恨是因为我特别怕冷，从十二月开始，寒冷而漫长的冬天算是正式开始了，从此我都要穿得又厚又笨，像个小熊宝宝。

突然又想到卢一荻，因为不管多冷，她永远都穿裙子，腿必须露在外面。我劝她注意点，否则以后会坐下病，她根本不听，还说以后的事情以后再说，就算冻死也不能丑死。简直冥顽不化。

又想起陶梦茹，我们就是在十二月里认识的，记忆中的那年冬天好冷好冷，仿佛每天都在下雪。一个大雪将停的午后，她突然出现在我眼前，出现在我的生命里，从此开始了彼此温暖的岁月，可是现在的她又在哪里？

至于期待则因为我是射手座，十二月里会有我的生日，我不知道别人对生日是什么态度，反正我很在乎。特别是今年，我十九岁了，成人后的第一个生日，更不能将就。以往我每个生日都是和卢一荻、陶梦茹一起度过的，每次都很开心也很感动，我祈祷这次也不例外。我早早便通知了卢一荻，让她务必将我生日那天空出来，一开始她还答应得好好的，可生日前两天突然说不舒服，想在家休息。这明显是借口，而且一点都不高明，我真不知道哪里得罪她了，感觉她总是躲着我，而且已经好久好久了，每次都让我自讨没趣。一开始我还劝慰自己别太敏感，现在几乎可以确定根本不是我多心，所以我也很生气，并且不打算向她示弱，本来我就没做错什么，奢求来的祝福我才不要。总有一天她会明白这样对我是不对的，到时候我再好好说说她。

而陶梦茹还没回来，不过她倒是记得我的生日，早早就发来祝福，还说自己不能陪我，真对不起。

我回：傻丫头，你好好养病，等你健健康康地回来后，给我补过就是。

过了很久，她才发来一个笑脸。

我看着笑脸却怎么也笑不出来，心中真的很失落，怎么也没想到原本期待满满的生日竟然会如此无趣。

算了，计划不如变化，今年的生日就让我一个人过吧。

我告诫自己：人生总有很多第一次，不管你喜不喜欢，接不接受，都要面对。

也不是没想过告诉鹿安，可不知道为什么，总感觉他如果有心，应该主动问我，他不问我，我还死乞白赖地去要求，算什么？

在鹿安面前，我比谁都敏感，也比谁都小心眼。

鹿安显然没有意识到我的生日快来了，自从他们那个什么破联盟成立后，每天都煞有介事地开会，说要制定行动纲领，设计专属队服，甚至还要写一首队歌，搞得跟真的一样。对了，竟然还让我给他们写行动纲领，我才不干呢。

非但不干，他们开会的时候，我还故意发出很大的声响，以此宣泄心中的不满。

鹿安终于意识到我的不爽了，赶紧出来问我怎么了。

我不想告诉他原因，就说不舒服。

鹿安又问哪儿不舒服。

我说头疼，肚子疼，手脚也疼，哪里都疼。

结果鹿安让我回家休息。

我则让鹿安去死。

鹿安耸了耸肩，做了个无奈的表情，然后继续和他的弟兄们激情四射地商讨宏图大业了。

恨得我直咬牙——鹿安，你能不能长点心？

突然想起卢一荻曾经说过我要得太多，未免自私，当时不以为然，现在想想不无道理。

或许不长心的人是我，需要好好反省的人也是我。

如果我对这个世界没有了欲望，是不是烦恼就不会那么多？

可是，如果我真的对世界没欲望了，那我还是我吗？

我究竟要做自己，还是要做别人希望我成为的那个人？

我简直越过越糊涂了，唉！

10

就这样，伟大的、光荣的，我梦寐以求又心乱担忧的十九岁生日终于如期而至，我曾幻想过各种美好的情景，却怎么也没想到竟然真的会一个人冷冷清清地过。

下午到奶茶店时发现那帮人竟然都没过来，就鹿安一个人优哉游哉地打着游戏。

奶茶店好久没有如此冷清过了，搞得我非常不适应。我问："你那帮狐朋狗友呢？"

鹿安漫不经心地说晚上一个外地的兄弟过来，他要去招待，就没让他们来。

心中最后一丝希望也破灭了，我有气无力地说：“哦，那我先走了。”

鹿安依然心不在焉地说：“对了，你陪我去吧，他带女朋友的，我一个人去，不合适。”

“所以你是拉我凑数的吗？”我奚落道。

“不是那意思。”鹿安的眼睛终于离开了电脑，“哎，你就当帮我忙行不？”

“不行。”

“怎么才行？”

“你求我啊。”

鹿安看着我，突然笑了：“乖七七，好七七，算我求你，答应我吧。”

我冷笑：“这还差不多。”

出发前，我特地精心打扮了一下，虽然我只是个凑数的，但也不能给鹿安跌份，他如此用心招待的人肯定是贵宾。

鹿安见到化妆后的我，眼睛都直了：“七七，想不到你化妆了这么漂亮！”

“你的意思是我不化妆就不能看咯？”

“哈，就知道你会这么说。老实讲，你不化妆也很好看，各有风情。”

我白了他一眼：“算你反应快。”

跨上摩托，我们很快来到市里最大的KTV门口，鹿安停车，说到了。

我好奇地问：“不是陪你兄弟吃饭吗，怎么来这里？”

鹿安一本正经地回答：“我兄弟爱唱歌，我们边唱边吃。”

我点点头：“确实有这种人，卢一荻就喜欢这样。”

一想到卢一荻，心情又瞬间跌入谷底。往年这时候，我们应该正在一起唱着生日歌，许着愿，彼此喂蛋糕吧。

突然想，要是等会儿遇到她了，会不会很尴尬。我赶紧问甄帅会不会也来，还好鹿安说不会，就我们四个人。

鹿安订的是最豪华的至尊VIP包房，得有两百多平方米，我感慨说就四个人，要间小包就可以了，干吗这么浪费，鹿安说大点舒服。我想想也是，男人都好面子，何况他们肯定好久没见了，怎么着也得显摆显摆。可走进去后，我又发现房内已被精心布置过了，非常华丽，也很温馨，其中一面墙更是被淡粉色的纱幔整个覆盖住了，不过透过纱幔依稀能看到“生日快乐”几个字，我赶紧过去掀开来看。

鹿安突然很紧张：“七七，不要乱看。”

“不，我就要乱看。”我当然不会听他的话，“哈哈，鹿安，我知道了。”

“你……知道了？”

“嗯，原来你兄弟今天过生日，你要给他一个惊喜对不对？”

鹿安狂点头，还对我竖大拇指：“七七你可真聪明。”

“真想不到你还挺有心的。那你应该早点告诉我，我好给他准备一份小礼物。”

“没事没事，礼物我准备了，你人来就行了。”

“好吧，反正我也不认识他。对了，怎么没买蛋糕啊？过生日不可以没蛋糕的。”

鹿安看表：“快了快了。这样，七七，我们一起数到十，数到十他就会进来。”

“你朋友到底是男的还是女的啊？”

“男的啊！”

“那为什么这么幼稚？还数到十？行吧，反正我没问题，陪你们一起无聊就是了，数吧。”

“闭着眼睛数。”

“为什么啊？好奇怪的！”

“你听话就是。快闭眼睛，一，二……”

虽然我已经心生狐疑，但还是顺从地闭上了眼睛，和鹿安一起数数。

三，四，五，六，七，八，九，十！

“生日快乐！”巨大的祝福声突然扑面而来。

我赶紧睁开眼，门被推开了，甄帅带着十几个弟兄推着巨大的蛋糕车缓缓走了进来，每个人脸上都洋溢着真挚的笑容。

我惊讶得嘴巴完全无法合拢，转头去看鹿安。

他的笑容好灿烂，眼神中闪烁着对我的真心祝福：“七七，生日快乐！”

我还没反应过来，指着自己：“是我吗？”

他点点头：“你是猪吗？当然是你了。”

眼泪瞬间涌了出来，然后我情不自禁地捶打他的胸膛：“你好讨厌啊！”

他也不躲，任凭我捶他，然后温柔地在我耳边说：“知道吗？为了这一刻，我准备了好久好久。”

“难道……你们每天开会就是为了这个？”

鹿安点点头：“想了很多方案，怕你不满意，又怕你提前发现，现在看来是我们多虑了。”

“你好讨厌哦！”我擦着喜极而泣的泪水，“谢谢，真的好惊喜。”

甄帅凑了过来：“好啦，快别甜言蜜语了，赶紧许愿吧！”

房间里的灯光被熄灭，蜡烛点了起来，我双手合十，真心许愿。

第一次，我的愿望里有了鹿安。

11

蜡烛吹灭后，到了吃蛋糕环节。

我还没反应过来，甄帅已经迫不及待地抓起一大把蛋糕，结结实实地拍在我脸上。

“璐七七，生日快乐啊，哈哈哈哈！”甄帅永远没心没肺。

“甄帅你找死，我不会放过你的！”我当然不甘示弱，边叫边追，到底也给他抹了个大花脸，哼！

鹿安一直在旁边笑，不帮我，于是我也顺便抹了他一脸蛋糕。

于是，鹿安和甄帅联手来报复我。

我尖叫着到处逃，边逃边还击，现场很快发起蛋糕大战，最后每个人都成了小花猫。我们看着对方，全都笑得直不起腰。

“吃”完蛋糕后喝酒，甄帅嫌气氛不够热烈，提议做游戏，输了要罚酒。

我当然不会怕。

游戏名称叫“眨眼数数”，左眼代表十位数，右眼代表个位数，两两一组。出题的人告诉其中一个人数字，另外一个人如果答错了，就要罚酒。

我自然和鹿安一组。

游戏开始，四目相对，鹿安开始眨眼比画，我则认真计算。

我本来数学就不好，加上太紧张，总出错。

鹿安气死了：“你真是猪！”然后喝罚酒。

我一直错，鹿安就一直喝。

我心疼他：“别喝了，再输就罚我。”

鹿安大包大揽：“那不能够，罚酒让女人喝，这事我没听过。”

这时候的鹿安永远那么大男子主义，特别有魅力。

甄帅还不满意，说要加大游戏难度，问我敢不敢。

我杀红了眼，当然不拒绝。

新的规则要加上百位数，吐一下舌头代表一百，以此类推。

这下鹿安也受不了了，因为我舌头太短，吐舌头的样子实在太搞笑，经常游戏做到一半，他就笑抽了。

于是，他只能喝更多的酒，就算酒量再大，也有喝多的那一刻。

很快，他的眼睛开始发直，嘴角的笑容也变得僵硬，我知道，他快醉了。

我赶紧抢过酒瓶，大声说：“我输了我自己喝。”

甄帅竖起大拇指：“牛×，七七！”

鹿安依然不让，抢我的酒瓶：“拉倒吧，你从来不喝酒，还是我来吧。”

“不，以前不喝不代表我不能喝，告诉你，我的酒量绝对比你大。”说完，我赶紧将瓶中酒一饮而尽。

甄帅看得直吐舌头：“真行，我一百个服气。”

我拍拍甄帅的肩膀：“服了吧，再来一瓶。”

甄帅看着鹿安，鹿安看着我。

我瞪他：“看什么看，快拿酒啊！”

说完，抢过甄帅手中的酒，又是一大口。

爽！

那真的是我人生中第一次喝酒，头很快晕晕的，但还挺舒服，而且整个人都兴奋起来。我对鹿安说：“我以前不喝酒是觉得不值得喝，可是今天我生日，你们给我过生日，我真的好高兴。我告诉你们，不是我吹牛，真喝起来，你们都不是我的对手，我能把你们全喝趴下。”

鹿安和甄帅面面相觑，一起叹气：“完了，一瓶啤酒就多了。”

我笑道：“哈哈哈，多你个头啊！来呀，再来一局，我一定要赢回来。”

游戏继续，虽然我很努力了，但还是答不对，而且借着酒劲，我看着鹿安吐舌头的时候，突然产生了一种疯狂的想法，那就是他的舌头好长好性感，和他接吻一定很有感觉。

这个想法简直太疯狂了，我强烈感受到自己脸部火辣辣的。

为了掩饰内心的慌乱，我故意大声说：“鹿安，谢谢你，这是我最快乐的一个生日。”

“怎么谢？”鹿安含笑看着我，眼睛里充满了柔情蜜意。

那一瞬间，我彻底蒙了，不知道该说什么，也不知道该做什么。

鹿安突然伸出手，现场立即安静了下来。

什么情况？几个意思？

鹿安拉着我走到房间中间，然后大声说：“今天除了给七七过生日，我还有一件重要的事情要宣布。”

说着，他突然掏出一枚戒指，灯光下，亮晶晶的。

我瞬间傻掉，他这是想干吗？

鹿安将戒指举到我面前，深情地说：“七七，我喜欢你。”

是不是我喝多了，产生了幻听？

“七七，我喜欢你，从我见你的第一面起我就喜欢你，你的善良、你的活泼，你的一切的一切都深深打动了我，将我从绝望中拯救。虽然你很迷糊，偶尔还刁蛮任性，可是我很喜欢。七七，做我的女朋友吧，我会好好照顾你的。”

真的不是幻听，我清清楚楚地听到鹿安在我耳边表白。

天哪，他竟然对我表白了，而且是用这种浪漫刺激的方式。

我……我该怎么办？

现场立即爆发出欢呼声，甄帅带头高喊：“在一起，在一起！”

我……我该怎么办？

鹿安含情脉脉地看着我，等待我的回答。

虽然我心中一万个愿意，可最后我嘴里说出来的分明是：“对不起。”

现场的气氛一下子降到了冰点。我能明显感觉到所有人的表情像电灯停电了一样，瞬间黯然。

“对不起，我……不能答应你。”

“为什么？”那一瞬间，鹿安的眼神中写满了失落和疑惑。

因为我已经答应陶梦茹了，如果我现在接受了你，我就背叛了我最好的朋友，我怎么向她交代？特别是她现在还生着病，我更不能伤害她。

可是这些话我不能说，因为很可笑，说出来没有人会相信。

为什么要搞突然袭击？为什么不让我提前做好准备？为什么要当场让我回答？

我真恨自己为什么不干脆喝醉，那样就可以睡去不要面对，或者借着酒精的力量不顾一切地答应，为什么到这个时候还是这么清醒，为什么我总是要将自己逼入绝境。

“你不喜欢我吗？”鹿安还是不放弃。这个傻瓜，为什么要逼我。

我摇头：“反正我不能答应你。”

甄帅急了：“那到底为什么啊？大哥那么好，好多女生排队等着向大哥示爱呢，你竟然还不接受！”

我也急了：“别人是别人，我是我！”

“好了，都别说了。”鹿安勉强笑了笑，然后面对着我却不看着我，一字一字地说，“七七，今天是你生日，我只想告诉你，我喜欢你，至于你喜不喜欢我，能不能答应我，不重要。”

我心中不停地喊：鹿安你个大笨蛋，我当然喜欢你了，你难道看不出来吗？我没说不喜欢你就是喜欢你啊，这都不明白吗？

可从我嘴里说出来的是：“我知道你对我好，我真的很感动，可是我现在真的不可以答应你。要不，我认你做我哥哥吧，反正我们长得那么像。”

说出这些话的时候，我快哭了。我这到底怎么了？我为什么要这样说？

我醉了？还是疯了？我真的不知道。

鹿安转过头去：“好了，我知道了。”

一阵虐意突袭我心头，我又补充了一句：“那你愿意接受我做你的妹妹吗？”

鹿安的声音像死去一样颓废：“只要你觉得好，我就愿意。”

甄帅看不下去了，对我大声嚷嚷：“搞什么搞，什么哥哥妹妹的，别扯淡了！”

“不要你管，你起开！”我用尽全力对甄帅咆哮，眼泪流了出来。

甄帅脸上的表情瞬间变了七八种颜色，最后无奈跺脚：“真是作孽！”

鹿安有气无力地挥了挥手：“不早了，散了吧。”

12

有些事已经结束，有些事正在发生。命运的车轮将微小的我们碾压粉碎，谁也无法挣脱半分。

生日后，我差不多有一周多没见到鹿安，我们之间也没有发任何信息。我去过奶茶店几次，可是门都关着，我想给他打电话，但最后忍住了，我想我伤害了他，就不应该再摇尾乞怜，否则就太贱了。

卢一荻继续对我冷漠着，陶梦茹依然没回来，现在鹿安又不理我，我真的成孤家寡人了。

想到自己竟然落到如此田地，我忍不住流下眼泪，觉得自己做人简直太失败了。

伤心委屈之际，好久不见的崇礼竟然又出现了。

我突然很讨厌他，如果不是他，我就不会背负那么重的包袱，更不会有现在的悲伤。

我想如果他还说什么要给我补习之类的话，我一定毫不客气地骂他，我也顾不得梦茹高不高兴了，我得先把自己哄高兴了。

还好他找我没说什么学习的事，而是正色告诉我："七七，我好像喜欢上了一个女孩。"

又来这套，我埋怨："你烦不烦！"

"不是你，是另外一个女孩。"

什么情况？移情别恋？

我打哈哈："你说我是应该祝贺你呢，还是应该祝贺自己？"

崇礼却答非所问："其实我认识天使姐姐的时间比认识你更长。"

"天使姐姐？"

"嗯，天使姐姐。"崇礼点头，"天使姐姐是我的网友，我们认识好几年了，在我心中，她一直是天使一样的存在，永远对我无微不至地关心着，就像天使一样守护着我。只是我以前一直把她当成树洞，可以和她讲述所有的秘密，直到现在才突然意识到我其实是喜欢她的。"

"好吧，真没想到你的感情生活还挺丰富的，可为什么要告诉我？"

"因为我从来没见过她，更因为我觉得她就在我们身边。我的意思是，或许你应该认识她。"

"然后呢？"

"我希望你能告诉我她究竟是谁，为什么明明对我很好，却不愿意和我相见，为什么会突然从我的世界消失，为什么我给她留那么多言，她都不再理我？我现在真的很慌很难受，每一天对我来说都是煎熬……"

"好了好了，我知道你想说什么了。"看到崇礼一下子动情了，我赶紧打断他，"可是对不起，我真帮不了你。我根本就不知道你的天使姐姐是谁，而且我也没有兴趣和你一起猜测这个人到底是谁。"

"好吧，或许是我想多了。"崇礼变得无比沮丧，"我先走了，不管如何，我一定会找到她的。"

"你等会儿——你确定你真的喜欢上她了？"

崇礼看着我，认真地回答："我从来没有如此确定过一件事。"

我冷笑："那你还说过喜欢我呢！"

"我不会否认，我也思考过这个问题，正因为我喜欢你，才让我更加确定我对天使姐姐的感情，不是单纯的吸引，而是从灵魂深处产生的依赖，也就是爱。"

"好了好了，你快别说了，太酸了。"我连忙对他摆手，"这样吧，我会帮你留意的，如果我知道了谁是你的天使姐姐，一定会替你转达你灵魂深处的爱。"

"谢谢！"崇礼对我微笑，然后转身离开。

13

崇礼消失后，我用力深呼吸了几口气，让自己的情绪迅速平静下来，然后立即给陶梦茹打电话。

真的做梦也没想到，我最好的闺密竟然隐瞒了我这么大的秘密，而且好几年了。

天使姐姐，天使姐姐，如果不是你陶梦茹，我的名字倒过来写。

可是你为什么要这么做？你到底想要什么？

虽然我根本不抱任何希望，可这次竟然打通了，话筒里传来了梦茹久违的声音，那么亲切，却又孱弱。

"七七！"听到梦茹呼唤我的名字，我的眼泪竟然一下子出来了。

"梦茹，你现在在哪里？我每天都给你打电话，可从来打不通，你也从来不回我的信息，我真的好担心你，好想你。"

"对不起，七七。"

"我不要你说对不起，我想去看你，你快告诉我你在哪里。"

“不要，我真的不方便。”

“为什么不方便？你究竟怎么了？你必须告诉我。”我缓了缓，加重了口气，“除非你根本就没把我当朋友。”

“七七，我……”隔着话筒，我依然能清晰感受到她的挣扎，过了好久才听到她轻叹一口气，“好吧。”

14

梦茹其实离我一点都不远，从我正前方过去三公里，就可以见到她。

那里是市第一人民医院，梦茹就在那里的心脏科住院部。

我见到她的时候，她正依偎在病床上，手中拿着一本名叫《青是受伤，春是成长》的书，阳光穿过玻璃窗，打在她苍白的脸上，她轻轻眨动着眼睛，表情是那样恬静，一如既往地美好。

我情不自禁地放慢了脚步，走到她身边，轻轻说：“我来了。”

她抬头，对我微笑，然后张开双臂。我赶紧坐下，紧紧抱住她，又说了一遍：“我来了。”

“嗯，对不起，让你担心了。”这竟然是她对我说的第一句话，她永远这样善良。

我强忍着泪水：“梦茹，你到底怎么了？快告诉我啊！”

“其实也没什么好说的。”她松开我，依然笑着。

“很严重吗？”

她点头，调皮地说：“其实我本来打算就这样从你生命中消失的，可惜，计划落空了。”

“快别瞎说了。”我嗔怨，“梦茹，为什么你什么都计划好了，却什么都不告诉我？”

“因为有时候知道得多，反而是负担。我们都需要简单地活着。”

“我……那你什么时候能出院？”

“我也不知道，因为不知道，所以干脆不去想了，就开开心心地度过每一天。”

“好吧，反正从现在开始，我每天都会来看你。”

陶梦茹看着我，轻轻叹了口气：“如果我不同意，你一定不会听。”

“那肯定的，我的性格你最了解。”

“所以看来只能我走咯。”

“梦茹你……你怎么这样！”

“七七，不要逼我，好吗？”她的口气也很坚定，“我的性格你也最了解。”

我看着她，她也看着我，她的眼神中充满我见过的前所未有的冷静，最后我败下阵来，颓废地说：“好吧，我答应你就是，你一定要好好休养。”

她满意地点头：“这才乖。”

“我们聊点别的吧。”我故作轻松，赶紧转移话题，“崇礼喜欢你，不，他爱你。”

我以为她的反应一定会很大，可是她分明很冷静：“我知道。”

“你果然就是天使姐姐。”

“天使姐姐，天使姐姐。”陶梦茹呢喃着，“多美好的名字啊，如果我真的能够变成天使守护他就好了。”

“为什么不能呢？你不是已经默默守护他很长时间了吗？”

“是啊，一年多了，我已经很满足了。”陶梦茹回过神来，看着我，“七七，我还要请你答应我一件事。”

“你说，只要我能做到。”

“无论如何，都不要告诉崇礼我的真实身份，更不能让他看见我，永远都不要。”

“为什么啊？”我急了，“梦茹，我真的越来越不了解你了。如果说原来你喜欢他，觉得没有机会，所以不想出现，也就算了，现在他明明也喜欢你，为什么你还是不愿意面对？”

“因为他喜欢的只是虚拟空间的我，是他想象出的我。”

“那也是你啊，你那么善良，生活中的你只会比网上的更好。”

陶梦茹听了，轻轻摇头：“不会的，真实是永远没有想象美好的。现在就是离开他的最好时候。”

说完，梦茹的眼泪滑了出来，她那么坚强，只有崇礼才是她心头最柔软的伤。

“不行，你这样是不对的，我不能答应你。我一定会告诉他，我要让你们在一起，我现在就去找他。”

“不，你不可以这样，你……你太过分了！”陶梦茹用手按着剧烈起伏的胸脯，苍白的脸也开始泛红。

记忆中，这是陶梦茹第一次对我动怒。

我吓得赶紧抱着她柔声安慰：“梦茹你千万不要生气，我答应你就是，你别吓我啊！”

“对不起，我没能控制住自己。”陶梦茹在我的怀里缓了好一会儿，才继续有气无力地说，“我累了，你回去吧。”

“好吧，那我回头再来看你。你放心，我一定会提前和你说的，你同意了我才会过来。”

“嗯，谢谢你，七七。”陶梦茹满意地点了点头，“对了，忘记问你和鹿安如何了。”

“我……他……唉，还好吧，就那样呗。”本来我恨不得把这些天发生的所有事都告诉她，可现在只能忍着了。

“七七，之前我让你答应我不要拒绝崇礼，其实我知道很为难你，对你也不公平。现在我收回那个请求，你是自由的，可以自由地去拥抱你的内心、你的喜欢，不要再错过。你一定要幸福，因为你的幸福就是对我最大的慰藉。答应我，好吗？”

15

从医院回去的车上，我的心情前所未有地复杂。

虽然陶梦茹没有告诉我她究竟得了什么病，但傻子也知道是和心脏有关，而是心脏方面的问题，就一定很严重。我突然想起很多年前她曾经问过我，如果有一天她先离开人间，我会怎么办。记得当时我还骂她乌鸦嘴，说我们都能活到一百岁。她却说如果有一个人先走了，那么另一个人就要替对方好好活下去。现在想想，她应该早就有预感了。

难怪她总是那么处事不惊，那么与世无争，那么成熟，甚至那么神秘。

原来一切的一切都是因为这个。

难受，想哭。可是除了祈祷，我还能做什么？

只是悲痛之余，还有一丝隐蔽的兴奋在悄悄闪烁着，那就是从现在开始，我终于恢复了自由身，我没有任何顾忌和担心了，我可以大胆拥抱我的情感了，就像陶梦茹说的那样，我可以尽情去爱了。

我几乎是迫不及待地去迎接我人生中的第一次恋爱，好几次我掏出手机，想立即给鹿安打电话，问他在哪里，告诉他我想他，我现在就要去找他，可矜持让我一次又一次地控制住了自己。虽然我没有任何恋爱经验，可我也知道不应该就这样投怀送抱，我最少也要等到明天，装作不经意间出现在他面前，让他再主动示爱，然后我半推半就地答应。

是的，这才是正确的恋爱打开方式吧，至于怎么和他相遇，怎么让他表白，这些都还有时间考虑。

毫无疑问，那一夜我又失眠了。我想了很多很多，从我和鹿安相遇的那一刻，一直想到我们白头偕老的那一天，漫长的几十年里，我一直各种欺负他，他也一直各种包容我，就这样打打闹闹过一辈子。好几次想着想着就笑出声来，好几次想着想着就抱着被子甜蜜地闭上了眼睛。

16

第二天一放学，我就冲向奶茶店。我想了各种方法，都觉得还不如我直接杀过去，跳到他面前，然后告诉他那天我喝多了，忘记他说了些什么，让他再说一遍，等他说完，我就大声回答：我愿意。

鹿安一定会吓一跳，也一定会很开心，说不定他会立即拥抱我，甚至吻我。

我奔跑着，感觉脸部火辣辣的，前方的空中仿佛出现了一面巨大的钟表，上面显示着倒计时。

一个人影突然出现在我面前，张开双臂挡住了我。

我赶紧避让，几乎要撞到才停下来。

竟然是赵茉莉。

她想干吗？怎么总是阴魂不散？我突然意识到我对她还是有几分恐惧，以至于情不自禁地后退了好几步。

她还是那副要死不死的表情，突然冷笑了一声，说：“放心吧，我不是要打你。”

然后又幽幽地补充了一句：“何况我现在也不敢再打你了。”

我确保和她之间的距离足够安全才停下，揣摩着她说的话，同时密切观察四周，留意有无她的同党。

还好，看来这次她真的是一个人过来的。

“你到底想干吗？告诉你，我可不怕你。”我没好气地回应。

“那当然，有鹿安给你撑腰，你现在谁都不需要怕了。”说完，她又摇摇头，“不对，就算没有鹿安，你也不需要怕谁，要是早知道你有那么厉害的爸爸，借我十个胆也不敢招惹你。”

我不再说话，就死死地盯着她。

她冷笑了一下：“放心，我找你真的没其他意思，就是想和你交个朋友。”

我也冷笑：“交朋友我看就没有必要了，我们不是一个世界的人，如果你没事，我就先走了。”

说完，我小心翼翼地从她身边绕过。

她没有追拦，而是口气略微嘲讽地说：“你这么着急去哪里呀，是去找鹿安吧？”

我没应答，而是暗自加快了脚步。

然后就听到她在我身后大声说：“听说鹿安向你表白啦，你真够可以的。”

我不想再听到她的声音，几乎要奔跑起来，可是我的耳朵仿佛变得前所未有地灵敏，灵敏到明明已经离她很远了，还是清晰地听到她说话。

“你知道他坐过牢吗？

“你知道他为什么会坐牢吗？

“你就不想知道他到底是怎样的一个人，他的过去、他的故事吗？

“你不会真的以为他接近你没有企图吧？”

我心里狂喊着：“不要听，不要听。”可我的脚步还是不由自主地慢了下来，直到停止。

她仿佛获胜了一般，声音也变得轻快起来，走到我面前，挑衅般地继续说：“或许在你心中他很完美，可是这个世界上根本没有完美的人，他的过去要比你以为的复杂一百倍、一千倍，他的为人要比你想象的可怕一万倍、一亿倍。”

我的心狂跳不已，却还是拼命装作平静的样子：“你以为我会相信你的话吗？别自作多情了。”

“自作多情？或许吧，或许你根本不在乎他有没有坐过牢，或许你根本不在意他到底是个什么样的人，或许你根本不相信他其实一直在利用你。可是，难道你连他的感情经历也不想知道吗？你不会天真地以为他从来没有爱过别人吧？”

我承认，她这些话仿佛在我心里生了根一样，即使我再抗拒，也无法回避。哪怕我明明知道她居心叵测，她在换一种方式伤害我，我还是忍不住说：“好吧，你说，我听。”

“这才乖，我明白你不愿意去面对这些，但知道了对你总归没坏处。”她得意地笑了起来，“璐宛溪，我们是有过节儿，但这次我是真心为你好。”

我一字一字地说：“有话快说，有屁快放。”

“别急嘛，鹿安的故事我一天一夜都说不完，简直叫什么来着？对，罄竹难书。想当年他可是一臭名昭著的流氓，人神共愤的那种，好多人对他恨之入骨，恨不得活活揍死他，可没有一个人是他的对手，那些想挑战他的人，全部下场很惨很惨。

“鹿安通过他的权势还有拳头战无不胜，名声越来越大，短短两年不到的时间就拥有了别人二十年都不一定能得到的地位，俨然是新一代的流氓大哥，就连那些退隐江湖的老炮儿都对他忌惮三分，甚至警察都拿他没有办法，因为他的背景实在太大太大了，可以说是手眼通天。天大地大，就没他鹿安不敢做的事。

“你一定很奇怪，这么牛×的一个混世魔王怎么还会坐牢，又怎么突然就销声匿迹，安心当一个普普通通的奶茶店店主，他究竟遇到了什么致命打击？”

说到这里，赵茉莉故意停了下来，表情阴险地看着我。

我必须承认，虽然她的表达水平真的很一般，甚至前后矛盾，可是她的问题真的很吸引我，以至于我不由自主地回答：“难道是为了女人？”

“看来你比我以为的要聪明一点，没错，就是为了一个女人。说起来也真奇怪，鹿安那么厉害，长得也不难看，喜欢他的女人多了去，可他偏偏对一个比他大的女人情有独钟，甚至痴迷。只不过这次他瞎了眼，那个女人根本不是什么好鸟，她之所以答应鹿安，无非是贪慕他的势力，鹿安在她眼中就是一枚棋子而已。好多人都劝鹿安醒醒，可他就是不信，就是一味地去爱，去付出，甚至不惜为了这个女人和众人为敌，最后更是将一个情敌活活打成了植物人，那个人是家中独子，可以说鹿安把对方一个家庭给毁掉了。如果换成别人，估计会判无期吧，可他只在里面待了一年不到就保外就医，听说他家里为此至少花费了两百万呢。”

虽然我心中早已万马奔腾，但还是装作波澜不惊地说：“原来你想说的就是这些？那么可以结束了。”

“急什么，我还没说完呢。鹿安出来后的第一件事不是回家，而是去找那个女人，结果发现对方竟然在他坐牢期间结婚了，而且还怀孕了，男的竟然是他最铁的一个兄弟。”

“后来呢？”

“后来鹿安好像受了刺激，从此性情大变，不光解散了自己的组织，甚至退出了江湖，偷偷摸摸开了一家奶茶店，仿佛换了一个人。”

“哦，那后来的事情我都知道了。”

“拉倒吧，你知道个屁啊！你知道鹿安其实还喜欢着那个女人吗？你知道鹿安现在每隔几天就会去看那个女人吗？你知道鹿安还偷偷给那个女人钱吗？”赵茉莉用一种扬扬得意的表情看着我，“你知道其实你长得很像那个女人吗？”

我摇头，说我不想听了。

可是赵茉莉根本不会停，她突然加快了语速，用一种歇斯底里的音调对我喊：“所以你以为鹿安真的会喜欢你吗？别做梦了，在他心中，你只是一个备胎，一个替代品，他从你身上只是要寻找他的回忆，就算他向你表白了，也不过是满足自己的私欲，你还当真了，简直愚蠢至极。”

“够了，别说了！”我终于无法再忍受，对着她咆哮起来，“你以为你说这些，我就会相信吗？你以为我不知道你是故意谣言中伤，就是想报复吗？我是不会上当的。”

“报复？是，我确实想报复，在我眼中，你们就是垃圾。可现在我说的句句属实，就怕你故意装傻，不敢面对。”赵茉莉咬牙切齿一字一字地说，“无所谓，反正到时候被骗的不是我，受伤的也不是我，被人不齿嘲笑的人也不会是我啊！”

17

赵茉莉说完这些就走了，带着快意的姿态。是的，哪怕我明明知道她居心叵测，也再无法如愿前往奶茶店。它近在咫尺，却已远隔天涯。

一个人在街头站立了很久很久，就那样让冷风吹着，像个傻瓜，不，就是傻瓜。

开始流泪，开始哭泣，根本停不下来，我从来没想到一个人可以哭那么久，眼泪却怎么也流不干。

我到底该怎么办？

最后，我颤抖着拿出手机，给甄帅打电话。

此时此刻，我最想见的人就是他，只有他知道所有事情的来龙去脉，只有他能给我所有问题的答案。

哪怕结果真的是万劫不复，我也要毁灭得真真切切。

电话很快接通，甄帅语气惊讶地问："七七，你怎么给我打电话了？"

我强忍住悲伤，冷冷地说："你出来，我想见你。"

"不是，大哥他……"

我喊："我不听，你必须现在就出来！"

电话那头沉默了一会儿，然后传来甄帅肯定的回答："行，你在哪里？"

我把位置告诉了他，然后叮嘱："不要告诉别人，谁都不要说。"

"知道，十分钟之内保证到。"

挂断电话后，我就拿着手机，死死看着上面的时间缓慢流淌，每一分钟都是煎熬。

还好，甄帅只用了七分钟不到就骑着摩托出现在我面前。

一见面，他还是那种夸张的表达："七七，我的姑奶奶，到底什么大事把我急吼吼地招来？吓得我一路飙车到两百迈，至少闯了五个红灯。"

我说不出话来，就是哭。

不知道为什么，在甄帅面前，我可以毫无顾忌地展示我的悲伤和脆弱。

甄帅立即慌神了，也不和我开玩笑了，赶紧上前问询："是不是谁欺负你了？告诉我，我这就揍他去。"

我摇头，还是不停地哭。

"那你倒是说啊，你不停地哭，别人还以为我欺负你了呢。"甄帅一脸无奈，"我最见不得女人哭了。"

我也觉得再这样哭下去确实不合适，于是擦干眼泪，哽咽着说："你老老实实告诉我，鹿安是不是坐过牢？"

甄帅紧绷着的面部表情瞬间放松，又露出他标志性的笑容："哎呀妈呀，你吓死我了，我还以为什么大不了的事呢。"

我瞪他："严肃点，我是认真的。"

"哦，大哥是进去过，不过这有什么呢？我也进去过啊，还进去过两次呢，我们这些兄弟就没几个没进去过。"甄帅说完，嘀咕道，"我也没不认真啊。"

"他为什么会进去？"

"还能为啥？打架呗，我也是因为打架，不过还有一次是因为……"

"我没问你。"我打断他。

"那你在问谁？"甄帅一脸蒙，"七七，我脑子笨，我听不懂你在说什么。"

"你讨厌！"我终于被他逗笑了。

甄帅也笑了："这才对嘛，我知道你肯定有很多问题，也知道你肯定很难受，我也过来了，我觉得你可以慢慢说，这样我才能更好地回答你，对不对？"

我这才意识到甄帅真的一点都不傻，他就是爱装傻，他内心或许比谁都细腻。

我点头："行，我答应你，那你也必须保证不管我问你什么，你都要告诉我一个真实的答案。"

"你先问。"

"鹿安打人是不是因为一个女人？"

甄帅回答得很艰难："是……吧……"

"鹿安是不是很爱很爱那个女人？"

甄帅看着我，没有再表态。

我死死地盯着他，心如刀绞："到底是不是？"

过了好久，他才缓缓点头："这些都是过去的事了。"

"你不要说那么多，你只用负责告诉我是还是不是。"我深呼吸了一口气，“我是不是有些像那个女人？”

“嘿，你还别说，还真有点像呢，不过性格……好吧，是！”

“好，最后一个问题，鹿安是不是现在还经常去找那个女人？”

甄帅彻底按捺不住了：“不行！我不能这样回答你的问题，很多事情不是简单的是或者不是就能概括的，大哥这样做是有苦衷的，不管他和草莓姐以前发生过什么，现在他们就像亲人一样。大哥这样做没错。”

“草莓，草莓……”我眼前瞬间模糊，“原来那个女人叫草莓，原来他们真的还在一起，原来真的是我自作多情了。很好，很好！”

“七七，你听我说，大哥这几天真的很痛苦，我很久没见他这样消沉过了，他是真的喜欢你，我敢用我的人格保证。算了，我也没什么人格，那我就用我的人头保证。过去的事情就让它过去，谁还没有过去呢？卢一荻那么多过去，我不也根本不在乎吗？”

我摇头：“不对，我就没有过去。”

“那是你太单纯，大哥比你大好多，不可能没过去的。过去的就让它过去，我们都要向前看，是不是？”

我承认他说得有道理，我也能听明白，可我就是不愿意接受。

看到我始终不置可否，甄帅急了：“我一句都没有骗你，请你一定要相信我，否则让我出门被车撞死，吃饭噎死，总之，不得好死！”

我深呼吸一口气，然后认真地对甄帅说：“好，我相信你，可是我不相信他。”

说完，我径直往前走。

“你要去哪里？”

我头也不回：“我要去奶茶店，我要当面和他把话说明白。”

甄帅立即骑上摩托挡在我面前：“上车吧，大哥不在奶茶店，我带你去找他。”

18

摩托车很快停在了上次我去过的郊区仓库前。甄帅打开其中一道卷帘门，站在门口，我看到正在里面打拳的鹿安，他面色严峻，眼神如钩，运拳如风，挥汗如雨，一拳拳铿锵有力地击打在面前的沙袋上，仿佛正在宣泄内心的愤懑和不甘。

我静静地站在一边，看着这个我日思夜念的人，突然觉得很陌生。

是太久没见到他了，还是我根本就没有真正了解他？

人真的太复杂，我们都太自以为是，太过天真。

甄帅一直等鹿安打完拳才上前说："大哥，七七来了。"

鹿安转身，看向我。

四目相对的一瞬间，我感觉自己的心快化了，那些拿定的主意、酝酿好的话语，似乎统统都要忘记。

可是我不能，我真的不能。

我们就这样看着彼此，像过去无数次一样看着对方。空气变得稀薄，呼吸变得急促。

我强忍着眼泪，突然大声说："鹿安，你不是说喜欢我，想让我做你女朋友吗？现在还算数吗？"

鹿安显然吃不透我到底想说什么，虽然他的表情始终沉稳，可是眼神变得飘忽，不过最终他还是缓缓地点了点头。

"那好，过去的事情我可以统统忽略不计，可是我要你现在当着所有兄弟的面发誓，从此以后，你再也不会和那个叫草莓的女孩联系，只要你发誓了，我就答应做你的女朋友。"

鹿安本来变得柔软的眼神瞬间又冰封起来，他的嘴唇颤抖着，却始终说不出话。

我冷笑："我的要求难道很过分吗？如果你真的喜欢我，为什么还要和其他女人来往呢？"

甄帅看不下去了，插嘴道："七七，你不要这样，不都说好了吗……"

"你别说话！"我厉声打断他，然后盯着鹿安，一字一字地说，"鹿安，不要说我没给你机会，是你自己不珍惜。"

甄帅又对着鹿安说："大哥，七七很多事情根本不知道，她现在就是闹小孩子脾气，你就先答应她吧。草莓姐不会怪你的，以后的事以后再说。"

空气越来越稀薄，呼吸越来越艰难。所有人都停止一切活动，目光聚集在我和鹿安身上。

鹿安始终一言不发，就痴痴地看着我，只是眼神很快再次变得温柔，嘴角也荡漾起笑容。

然后，他开始慢慢走向我，走向我。

我被他看得心慌意乱，我是多么熟悉他那温柔的眼神，喜欢他那灿烂的笑容啊，如果没有发生这些事，我们就一直这样温柔以待该多好？可是既然已经走到这一步，我不想就这样放弃。于是，我强咬着舌头，表情倔强，等他说话。

"七七，我真的很喜欢你，可是我不能答应你，我不能发这个誓。"过了好久好久，他眼眶微湿地哽咽着对我说，"你知道吗，如果说是我妈妈给了我身体，那么是草莓赋予了我灵魂，所以我做不到，我也不会这么做！"

好了，一切都有答案了；好了，一切都结束了；好了，一切都不用再猜忌犹豫了；好了，一切都不要不甘心了——就这样放手吧。我的十九岁，我那第一次懵懂美好的爱情，如果不是这最后的意外，该是多么美好。虽然我不够完美，虽然我太过任性，但怎么也没想到会以这样的结局收尾。谢谢你，鹿安，你让我的青春不空白，可是我恨你，你伤害了我，千真万确地伤害了我，这种伤害将会如同伤疤，在我漫长的生命中如影随形，伴随我终身。

陶梦茹

Chapter

我喜欢你，和你无关

十八岁的夏末，我喜欢上了一个男孩。
十九岁的深冬，那个男孩说也喜欢我。
我整整暗恋了他一年半，也整整陪伴了他一年半，
却从来没有在他面前出现过。

—— 陶梦茹

1

十八岁那年，我喜欢上了一个男孩，那个男孩有着很好听的名字，叫崇礼。

知道崇礼其实有几年了，他上中学时就和我们一所学校，不过没怎么见过面，就知道他成绩特别好，是每次考试都轻松拿第一的那种学霸。

有一次，他获得了市三好学生的殊荣，在校礼堂发表了获奖感言，印象中他瘦瘦小小的，还戴着眼镜，一点都不起眼。

可是，高三毕业后的那个暑假，时间的力量使他身上发生了神奇的变化——你明明知道他还是他，但怎么看都像两个人——不但突然长高了很多，健硕了很多，而且还变帅了很多。这种变化让他宛若新生，更是让所有认识他的人都感受到了造物主的伟大。

神奇的地方还远不止于此，他原来明明体育很一般，篮球根本不会打，可过了那个暑假，他俨然成了灌篮高手。真的，新生的入学篮球赛上，他一战成名，作为大一联队的主力得分后卫，先是带队大比分战胜了大二和大三联队，然后又在和大四联队的比赛中命中关键球，成为当之无愧的最有价值球员，更是收获了无数女生最热情的欣赏和爱慕。

其中就包括一个小小的我。

那几场篮球赛我一直在外围默默观看，我得承认，尽管此前的十几年，我在男女情感上可以说是毫不开窍，但我还是被崇礼的飒爽英姿给打动了。他真的很帅很厉害，举手投足间充满了男性的魅力，特别是他进球后的挥拳怒吼和迷之微笑，更是让人无法抵挡。

我曾经无数次地想，像我这样自卑且绝望的女生到底会喜欢怎样的男孩？他得是什么样才能在我干涸的心房开出灿烂的花朵？我想不出答案，甚至我一度怀疑过自己的取向。直到那时候我才明白，我根本没问题，而喜欢上一个人也不需要太多理由，一个眼神、一个微笑就足够。

我终于知道，那个暑假突然改变的人不光是他，还有我，一切都是宿命，早已注定。

只是在我的生命即将终结的最后时光里，我体验了前所未有的悸动，究竟是幸运还是不幸，我不知道。

2

十八岁那年的秋天，我终于成了一名暗恋者。

我开始默默关注崇礼，竭力尝试了解他，很快发现他比我想象的还要优秀太多。

原来光知道他学习好，应该很聪明，却没想到一个人可以聪明到那个地步，他明明学习不用功，每天都在打篮球，却包揽了所有考试的第一名，哪怕难到变态的微分几何，他都驾轻就熟。他的兴趣还很广泛，从绘画到音乐，从航模到电竞，只要他参加比赛，肯定不会折戟而归。他还很会穿衣打扮，不管穿什么都非常时尚。总之，他简直就是最完美的存在。如果一定要给他挑毛病，那就是略显冷漠，眼神总是拒人于千里之外。不过他绝对够格，这份清高甚至给他加分不少。

大一结束时，他再次以绝对优势获得了全院第一名的好成绩。所有人都说他是不世出的天才，院长亲自请他给全院学生做报告，分享学习心得，结果他根本没有照本宣科说很多空话套话，而是讲了很多我们听都没听过的内容，台上的他激情四射，台下的我如痴如醉。

一天，我突然看到几句很打动我的话：暗恋一个人，就像一场歇斯底里的独角戏，入戏的人是我，浑然不觉的人是你。我要翻过几座山，蹚过几条河，打败几头恐龙和怪兽，才能让你回头，看到身后的我？

说的就是我的心情。可是和其他暗恋他的女生不同的是，我从来没想过要表白，也没想过在他面前出现，甚至永远不要让他知道，在他身边，有我的存在。

我执拗地认为我和他是两个世界的人，是永远不会有交点的平行线，既然没有结果，那就纯粹点，因为纯粹到极致，就成了美。

3

亲爱的崇礼，你是我的方向，是我的家乡，是我心中永不磨灭的光。

可以每天看你一眼，就是我莫大的享受，可以每晚把亲手折叠的幸运桃心悄悄送给你，简直是最大的幸福。

我要的一点都不多，我总是容易满足。

因为我喜欢你，和你无关。

4

大二开学不久，反应迟钝的璐宛溪终于发现我喜欢崇礼了。她总是嘲笑我太胆怯，一天到晚嚷嚷要帮我，就像小时候看到我遇到麻烦，不顾一切就要替我出头一样。

我当然不愿意，可她根本不听，并且很快就擅做主张地用她认为对的方式去替我表白。

结果，麻烦来了——崇礼喜欢的人竟然是璐宛溪，而且也暗恋了蛮久。

哈！任凭我再细腻敏感，想象力再丰富，也想不到会有这样的情节。都说人生如戏，突然觉得这场戏越来越有意思了。

是的，我暗恋的男孩竟然喜欢上了我最好的朋友，我觉得这是老天对我最大的馈赠。

这样，即使我离开了这个世界，我的爱还可以在他俩之间留存，这难道不是一种美好？

所以我很快做出了一个重大决定，那就是有生之年，一定要帮崇礼追到璐宛溪。

本来我自信这件事的难度并不大，崇礼那么优秀，不管怎样的女孩，他都般配；至于璐宛溪，我是那么了解她，我有的是办法让她喜欢上崇礼。

可是，很快发生了一件让我措手不及的事——感情上比我还不开窍的璐宛溪竟然也突然喜欢上了一个男孩。

虽然她从未对那男孩说过喜欢他，可从她的描述中可以感受到她已经动了心。

如果是过去，我一定会真诚祝福她，可是现在我不能，不但不祝福，而且为了我的计划能够顺利执行，我决定“先下手为强”，请璐宛溪一定不要拒绝崇礼。

我知道这个请求会让她很为难，我知道我这样做真的很自私。

可是我认为我没有错，我是一个活在别人世界里的人，但这一次我决定自私下去。

为了崇礼的幸福，我什么都愿意去做。

5

果然，正如我所料，璐宛溪听到我的请求后非常为难，我从来没见她那样纠结过。我很心疼，心疼到几乎要收回我对她的友情绑架。

可是我没有，仿佛一场战争，谁先放弃谁先输。

谢天谢地，她挣扎了好久好久后，还是答应了我。

我如释重负，紧紧抱住她，说谢谢。

璐宛溪真是一个善良的好孩子，自己明明不开心，还劝我放心，说她会把崇礼对她说的话统统告诉我。

她不知道，其实我知道崇礼和她之间的所有事。

是的，璐宛溪是我最好的朋友，我什么都可以和她共享，除了一个秘密。

6

这个秘密就是虽然现实生活中，我和崇礼从来没有正式见过面，但在网络上，我是他最好的朋友，他甚至很依赖我。

这也就是每次璐宛溪刚见完崇礼，我就立即知道的原因，因为崇礼会第一时间在网络上告诉我。

做到这一点，我整整用了一年的时间。

一年前，当我想多了解点崇礼时，我找到了他的QQ号，然后自己也重新注册了一个QQ号，取名为“天使姐姐”，资料上我写在外地，年龄二十五岁，是一家广告公司的白领。

这些伪装其实都不难，难的是加上他，并且获得他的信任。

崇礼显然不是一个对网络聊天感兴趣的人，或者想找他聊天的人实在太多了，一开始他总是拒绝我的好友申请，我当然不气馁，坚持每天至少加一次，一直加了一个多月，他才通过。

成为好友后，我开始每天都给他留言，写很多很多关心和祝福的文字。

让我郁闷的是，不管我如何用心，崇礼根本不予理会，甚至不止一次地让我不要再骚扰他，否则立即拉黑我。

如果换作别人，早就知难而退了吧，还好我有足够的耐心，不管他怎么厌恶，我还是一如既往地给他留言。就算真被拉黑了，我也会坚持不懈地加回来。

网络上，崇礼无奈地问：你到底想要干吗？

我笑着回答：我什么都不想要，只是希望你幸福。

就这样又过去了半年多，崇礼才算对我放下戒备，虽然依然不算热情，但已经会在我长长的留言后说声谢谢，甚至会漫不经心地和我闲聊上几句。

特别是他心情不好时，更是会将所有的怨言都发泄给我听，我才知道原来好学生也有那么多烦恼。

而这个时候，我会认真地做一个好“树洞”，等他宣泄完，再不停地安慰他，鼓励他。

都说习惯成自然，我要让他对我的倾诉成为一个习惯。

就这样，慢慢地，只要他心情不好了，第一时间就会找我，而我也会立即出现在网上陪他，没有一次让他失望。

好几次聊着聊着，他就睡着了，醒过来的时候发现我还在。

他有点愧疚地说抱歉，我却一句怨言都没有。

是的，只要他需要，我就出现；他不需要了，我就立即消失，绝对不让他有半点负担。

功夫不负有心人，整整一年后，我终于成为他在网上最好的朋友。他总说我成熟且温柔，和他的幼稚、聒噪的女同学们都不一样。

最关键的是，他觉得我很懂他。

他不止一次问我到底是谁，是不是他认识的人。

我当然否认，并把一切归结为缘分。

慢慢地，他也就不问了，只是说：姐姐，你对我这么好，却什么都不要，真的就像天使一样。

这句话让我觉得所有的等待和付出都值得。

他变得越来越依赖我，开始把所有的心事都对我说，包括他喜欢璐宛溪。

他说自己从来没有那样喜欢过一个女生，可这个女生显然对他并不感冒，他不知道如何是好。

我当然鼓励他勇敢去追逐，并且“恰到好处”地给他讲述了一些璐宛溪的故事。

这让他无比兴奋，犹如抓住了救命稻草，总是让我讲。

幸好我和璐宛溪的故事足够多，可以讲很久。

后来，在我的鼓励下，他终于鼓足勇气去表白，可是被拒绝得很惨。

他痛苦地说不知道接下去该怎么办，自己从来没有那样六神无主过，每天都过得很失落。

看到他难受，我当然也不开心，我安慰他千万不要放弃，只要有诚意，老天都会帮助你。

他又相信了我，鼓足勇气后再次去找璐宛溪，然后兴奋地告诉我，这一次璐宛溪果然没有再拒绝他，还说要看他的表现。

隔着网络我都能感受到他有多兴奋。

他当然不知道这一切都是我为他做的。

我恭喜他，并且叮嘱他一定要好好把握机会。还有，千万不要告诉璐宛溪我和他之间的秘密。

他没问为什么，只是恳求说：好姐姐，请你答应我，一定要帮我真正追到璐宛溪。

我当然答应了他，虽然这一次我很快就食言了。

7

我食言的原因很简单，我的身体已经不允许我继续这样正常地生活下去了，我能明显感受到我的心脏变得越来越脆弱。

当秋天再次来临时，心脏从原来一两周疼痛一次演变到每天都要疼痛好几次，从原来只是心脏部位疼痛到全身疼痛，从原来疼痛十几分钟到连续疼痛几个小时。

种种迹象表明，时候或许真的到了。可是我不甘心，因为我还有重要的任务没有完成。

所以，我没敢告诉妈妈我的难受，我拼命装作若无其事去上学，拼命祈祷老天再多给我几天正常的人生。

只要再多给几天，我就可以成全崇礼的幸福。

可是老天没有答应我，它肯定觉得我太贪婪，要得太多。我清晰地记得那个周末的下午，我收拾好东西准备去学校，刚走出家门，胸口突然传来一阵前所未有的剧痛，然后我头晕目眩，重重地摔倒在地，不省人事。

醒来后，我已经躺在了医院里。我看到医生正和妈妈说着什么，我听不清说话的内容，却能清晰地看到医生不停地摇头，脸上写满了无奈。然后就看到妈妈哭着跪了下来，抱着医生的大腿喊：“求求你，一定要救救我女儿，她才刚刚二十岁。”

或许因为做好了足够的准备，或许因为每一天都在等待此刻的来临，所以看到这一幕时，我并没有太多的难受，仅有的伤心也是为了我可怜无辜的妈妈。

医院的治疗方案很快出来了，医生说有保守治疗和手术两种方案可以选择。如果保守治疗，可能还能维持半年左右的生命，但这半年我必须住院。如果手术，成功了，我还能多活上几年；失败了的话，手术台上的我就没法再醒来。

说完，医生又认真补充了一句：不过她的身体已经不支持再做手术，成功的概率不会超过百分之十，你们好好想想吧。

妈妈根本没有好好想想，她毫不犹豫地选择做手术，我却不同意。

为了百分之十的希望多花十来万元，不值得。

我看着憔悴不堪的妈妈，用前所未有的坚定不移的口气说："这一次，你必须听我的，否则我现在就跳楼。"

妈妈看着我，眼泪汹涌而出，过了好半天，瘫坐在地，嘴里念念有词："我苦命的孩子啊！"

很快，我悄悄办好了退学手续，面对我的住院通知书，校领导吓得目瞪口呆，他们似乎不敢相信眼前看上去很正常的我正经受着非人的折磨，而半年以后，我们将阴阳相隔。所以，当我提出不要将我的病情告诉任何人时，他们立即答应。

是的，我不想告诉任何人我的情况，哪怕是璐宛溪，我最好的朋友。我就想悄悄地离开这个世界，就好像从来不曾来过一样。

8

住院生活并没有想象中那么麻烦，尽管每天都有吃不完的药，打不完的针，以及没完没了的各项检查。

除了不能再正常上网，这一点真的让人很不爽。

电脑肯定是碰都没法碰了，就连手机也因为有微弱的辐射而被限时使用。

因此，每次能用手机时都是我最开心的时候。

每次只要一开机，就会收到信息，信息基本上来自两个人：璐宛溪和崇礼。

璐宛溪每次都会说：你怎么了？你在哪里？我想见你。

我骗她说我家里有点事，等处理好了就会回学校，让她不要担心我。

崇礼则每次都会说：我和璐宛溪又见面了，璐宛溪又不理我了，璐宛溪到底怎么了……

全部是璐宛溪，没有一句关心我。

虽然我已经把事情想得很清楚，虽然这一切都是我意料中的，可我还是会失落。

我依然会强打精神，利用有限的时间慢慢安慰他，让他不要着急。

看到我上线了，崇礼很高兴，仿佛抓住了救命稻草，和我聊了好久璐宛溪才过瘾。

虽然只是简单的聊天，可病床上的我已经累得浑身冒虚汗，被护士发现后臭骂了一顿。

下线的时候，崇礼突然问：姐姐，你是不是身体不舒服？

我愣住了，问他怎么知道的。

“总感觉你打字很慢，以前不是这样的，好像力不从心。”

他果然很聪明。

我想了想，告诉他我生病了。

过了一会儿，传来他的答复：“那你要好好养病哦，否则就没人给我讲述那个傻丫头的事啦！”

9

就这样，我一边接受着没有希望的治疗，一边利用所有机会和崇礼聊璐宛溪。

偶尔我也会和璐宛溪聊几句，依稀知道她身上正在发生的事，知道她对自己喜欢的男孩越来越痴迷，她的心不可能再属于其他人。

有一天，我突然转念一想，自己再这样给崇礼无望的希望是不是很愚蠢，如果我真的为他好，我应该劝他“悬崖勒马”，虽然这样很残酷，可是长痛不如短痛。或许这才是我最应该为他做的事。

于是，我开始劝慰崇礼，劝他不要那么痴情，劝他要学会放弃，或许璐宛溪真的不是他命中注定的那个人。

我说了很多很多，可是他根本不能接受，还对我发火，说我是叛徒，辜负了他的信任，要拉黑我。

说完，他真的很任性地立即把我拉黑了。

我很难受，可是不打算屈服。我越来越明确我在仅有的日子里到底应该怎么面对自己的感情，以及什么才是我最应该做的事。

虽然这个结局很不完美，可是我已经顾不上那么多，总有一天他会明白我对他的良苦用心。

后来，我的身体越来越不好，开始频繁昏迷，有时候一两个小时，有时候一两天，上网对我而言更加成了奢侈。

一次醒来后，我的精神状态不错，医生看了也很高兴，破例允许我多玩会儿手机。

我犹豫了一会儿，还是上了线。

让我意外的是，崇礼竟然主动加了我，而且加了很多次，每次申请通过的留言都不一样，从一开始的矜持到最后赤裸裸的恳求。他说他知道错了，恳求我不要不理他，没有我的日子里，每一天都是煎熬。

我赶紧通过，给他发了个笑脸。

很快他就上线了，一口气对我说了很多很多。他说上次是他不冷静，这些天他认真想了很多，也深刻认识到了自己的错误；他还说他知道这个世界上谁对他最好，希望我能够不计前嫌，不要突然从他的生命中消失，他好害怕。

我看了很感动，可还是习惯性地调侃说：你怕我以后再也不给你讲璐宛溪的故事了，是吗？

让我意外的是，这一次他很肯定地说：不是。

他还说：姐姐，这一次我只想和你好好聊聊天。

10

我亲爱的男孩，在我们“认识”了整整一年后，终于想和我好好聊一次天。

对此，我受宠若惊，却又甘之如饴。我一开始还担心他只是为了讨我开心，没想到他竟然变得如此彻底。

真的从头到尾没有提一句别人，每一句话都是关于我。

更让我意想不到的是，我们竟然有太多相同的爱好，甚至连价值观都趋同。

比如都喜欢听李志唱的歌，都喜欢看一草写的小说，都喜欢库里带领的这支勇士队。对了，我们还喜欢旅游——只不过我从来没有出发过，而他几乎走遍了所有我想去的地方。

我们一起聊西塘的水、凤凰的山、丽江的雪、稻城的风。

听着他讲这些地方的美丽风景和风土人情，我特别感动，就好像亲自去过了一样。

我默默许愿，如果真有来世，一定要去这些他走过的地方，看看他告诉我的人间。

就这样，虽然我们聊天的机会很有限，可是每一次我们都特别开心。

有一天，他感慨说为什么我们会如此相似，难道真的前世有缘，所以今生相遇？

我含笑不答，我没有告诉他从大一开始，我每天都会看他的QQ空间，我知道他所有的喜好，然后去恶补功课。

我只恨时间太匆匆，我再也没有机会像原来那样关心他、安慰他、鼓励他，默默地暗恋他。

某一天，崇礼聊着聊着，突然说："好了，我知道你是谁了。"

我紧张到快要窒息，弱弱地问："我是谁？"

"你是天使啊！"他飞快地打着字，"你就是我的天使，你出现的这段时间里给了我很多快乐，虽然我不知道你究竟是谁，离我到底有多远，可是我能感受到你就在我身边，感受到你的呼吸、你的微笑、你的心跳。我想告诉你，我喜欢上你啦！"

我毫无防备地看着这些文字，突然无法控制地放声大哭起来，一边哭一边叩问为什么会这样。

没有高兴，只有慌张。

是的，人生如戏，可这幕戏到底要演向何方？我已经完全无法掌控，这不是我要的结果。

崇礼显然没有在意我的犹疑，他继续炽热地表达着对我的感情，同时提出了见面的要求。他说想立即看到我，不管我在哪里，他都要去找我。

我拼命打着字："不可以，你不可以这样。"

他也拼命回复："为什么？我真的喜欢你，我是认真的。"

"不可以，真的不可以。"

“你听我说，我现在很冷静，我知道自己在说什么，请你相信我，真正对我好的女孩只有你，真正打动我的女孩也只有你，我要找到你，和你在一起，永远都不分开。”

我泪如雨下，不知道再如何回应，只得仓皇下线，将手机扔到看不到的地方。

是的，他吓到我了，我根本无法承受他对我的喜欢，我更不能亲自去伤害他。

所以，当他说喜欢我的时候，就是我要永远离开他的时候。

11

我不再上线，因为怕自己控制不了，我删除了QQ。

我的身体越来越糟糕，基本上再也没法自由行走，每天只能躺在床上，坐吃等死，备受折磨，像个活死人。

直到我离开人世的前一个月，我仿佛回光返照，精神和心情都不错，连疼了好久的心脏也消停了。

我决定打开久违的手机，因为我突然想起来还有一件重要的事没有做，我必须和璐宛溪说清楚。

只是我还没来得及给她发信息，她的电话就打了进来，而且口气非常坚决，说必须要见我。

我想了很久，最后还是将我的位置告诉了她。

好几个月没有见到她了，其实我也真的很想她。

很快她就出现在我面前，一边埋怨我没有对她袒露实情，一边和我抱头痛哭。

护士不停地劝嘱她不要太激动，我也强打精神告诉她我没事，很快就会好起来。

她当然不会相信，但还是听话地没有再追问什么。

她说有重要的事对我说，我也说有重要的事告诉她。

我让她先说，她让我先说。

就像过去无数次一样，我们开始猜石头剪刀布。这次，我赢了。

我轻声说："傻丫头，你要对我说什么，快告诉我吧。"

她的表情立即变得欢快，告诉我崇礼刚找过她，亲口对她说喜欢的女孩是我。

"梦茹，原来真的是有情人终成眷属，你是不是很开心？"

我轻轻点头，脑子里却在想，怎么会这样。

"这简直是我今年听到的最好的消息。"她兴奋地继续说，"那你打算什么时候和他见面呢？或者，我可以带他来看你。"

"不要！"我拼命摇头，叫了起来，然后认真地对她说，"七七，请你一定要帮我保守秘密，永远不要让崇礼知道我是谁，哪怕有一天我不在人世了，也不要让他知道。这是我对你最后的请求。"

四目相对，她很疑惑，我却无比坚持，几乎用光了我所有的力气。

谢天谢地，就像过去无数次一样，她虽然很不乐意，可还是答应了我。

我平复了一下心情，认真地对她说："亲爱的七七，请你一定要记得，能够成为你的朋友，是我这辈子最开心的事。现在我要把对你的那个自私的请求收回，从此你可以自由地去爱，没有任何约束。请你答应我，一定要幸福。"

我看到她哽咽着点头，眼里闪着光芒。

而我也终于可以放下所有包袱，安静地离开。

12

十八岁的夏末，我喜欢上了一个男孩。

十九岁的深冬，那个男孩说也喜欢我。

二十岁的初春，我永远离开了他。

我整整暗恋了他一年半，也整整陪伴了他一年半，却从来没有在他面前出现过。

这，就是我在爱中做过的最好的事。

余阮

Chapter

一切都已结束，一切才刚开始

短短几分钟，我由死到生，老天还真是对我不薄。

短短几分钟，我之前的方案被全部推翻，新的计划却更刺激。

鹿安啊鹿安，既然我们的战争已经吹响号角，那就让一切来得更有意思吧！

——余 阮

1

离开叶子后，我了无牵挂，浪迹天涯。我去了很多地方，岭南的雪、塞北的风、敦煌的风沙、西双版纳的泪水，我统统见过。我曾在陌生街头的转角宿醉过，也曾在滔滔河流的尽头痛哭过，这些地方都很美，却没有一个让我留恋。只因倦鸟归林，兜兜转转，我最后还是回到了家乡附近的一座城市，那里有我熟悉的乡音和气候，有我喜欢的美食和美酒，离家越远越久，思念就越浓稠。我们都远不如自己以为的那般潇洒，或许这才意味着真正的长大。

是的，时隔多年，我再次站在了家乡的土地上，当年我仓皇出逃，现在心情却无比平静。时过境迁，没有人会记得当年的那桩命案，我的长相和当年也已截然不同。我当然不会告诉任何人我回来了，在这里，我是自由的、安全的；在这里，我要重新开始我的生活。

我当然不会去试图找寻一份稳定的工作，就算能找到也干不了，所以我只能重操旧业，拿人钱财，替人消灾。只是和过去不同的是，我已不再是莽撞的少年，所以也不再轻易玩命，任何风险大的活儿我都会拒绝。这让我赚的钱很有限，不过那没关系，现在的我眼界早非当年可比，小钱小利我根本看不上，我在等待机会，干一票大的，不成功便成仁的那种。

我的计划是绑架一个有钱人，等赎金到位后再撕票，然后远走他乡，再也不会回来。

这个计划实在太大胆，但绝对可行，我在心里演练了很多遍，自觉万无一失。

当然，准备还是要做的，首先得物色一位人选。这并不难，这里有钱人本来就很少，超级富豪就那么一两位，所以我很轻易地圈定了那个名叫鹿也风的家伙，他是远近闻名的富龙集团的老板，据说资产超过十个亿。这还不是重点，重点是此人和其他富豪的严谨小心不同，他一向独来独往，外出连个助理都不带，简直太容易下手了。我没用太多时间便掌握了他的一些行踪，比如每天早上六点他都会准时到不远处的龙湖边跑步，时长一小时；每天晚上七点他都会从公司独自开车回家吃饭，一路上经过四个红绿灯，耗时二十三分钟……这些都是我行动的绝佳时机。

其次，我还需要找个帮手，倒不是我一个人力量不够，而是届时我需要一个替死鬼。原本我以为凭借行走江湖多年的资历，收几个小弟再容易不过，没想到在这件事上折腾了挺久，而且都是因为一个叫鹿安的家伙。

2

简单来说，在这个城市，新一代的流氓头领就是这个鹿安。本来这也很正常，每个城市都有黑社会，有黑社会就会有帮派，有帮派就会有大哥。这些大哥往往谁也不服谁，谁看谁都不顺眼，表面上或许井水不犯河水，背地里都恨不得捅对方两刀，欲除之而后快。而我只要利用他们之间的恩怨，很容易就能培养起自己的势力。然而，让我大跌眼镜的是，这个地方的混混们不管身处哪个团伙，竟然统统对这个鹿安俯首称臣，甚至以成为他的人而自豪万分。这简直不科学，因此我对此人多了几分兴趣。

稍加打听，很快我便得出了两个结论：第一，鹿安的确有两把刷子，他武力超群，擅长散打，精通擒拿，据说在国外曾获得过自由搏击冠军，是个货真价实的硬茬；第二，他身上比武力更强的当数人格魅力，听说他为人极其豪爽仗义，从不拘泥于小节，对兄弟更是义薄云天，宁可天下人负他，也从不负天下人。总之，这个鹿安绝对是个不世出的人物。

而最让我兴奋的消息是，他竟然是鹿也风的独子。不过据说他们父子的关系并不好，强势的鹿也风一直渴望鹿安能够接受自己的安排，安心继承家业，可鹿安偏偏对着干，还说自己的人生自己做主，为此父子俩经常大吵，加上俩人脾气一样倔强，这么多年来一直在冷战。鹿安犯事出来后，为了表明态度，干脆从家里搬了出来，在城北开了家奶茶店，将他要面子的老爹气得够呛。

放着万贯家财不拿，真是脑子进水了！

当这些线索在我眼前慢慢成形、汇总时，我决定改变策略，不再逞凶斗狠，企图能够迅速上位，成为当地江湖上的一方诸侯。我要隐姓埋名，不显山不露水，做一个没有人重视、没有人提防，谁都可以欺负的孬种，然后在所有人都不经意之际绑架鹿安，将其撕票，最后带着千万赎金凭空消失，只留下永不磨灭的传说，供江湖后辈顶礼膜拜。

这个计划是如此振奋人心，以至于我突然觉得黯然的人生再次充满了诱惑和斗志，就像几年前突然遇见叶子一样，让我觉得每一天都激情万丈。

鹿安，你给我等着，虽然你我素昧平生，无冤无仇，但你的存在就是对我最大的伤害，而彻底打败你将是我苟且的人生中最大的荣光。

3

事实证明，人要往高处走很难，可要将日子过烂再容易不过了：没有目标，不学无术，每天浑浑噩噩，混吃等死，好逸恶劳，逢酒必喝，逢喝必醉，没钱了就借，借了从来不还，挨打就忍，打完了继续吹牛，这样的生活简直再开心不过。很快，在所有人眼里，我就是一个没有出息、没有危害，也没有前途的酒鬼，所有人对我都不加设防，因为不屑，所有消息都可以对我说，因为说了绝对无害。

我对这样的状态简直满意极了，无数次我看着那些可怜的家伙，心想总有一天我会做出吓破你们胆的事，你们这帮臭傻×。每每想到此，我都心情愉快，赶紧多喝二两酒。

半年后，我自忖时机成熟，准备行动。我悄悄在网上买了全套作案工具：手铐、脚镣、绳索、胶带、砍刀、铁锹、钢锯、斧头、藏尸袋、汽油……并且制定了至少五种逃跑路线。好几次我暗中观察鹿安，看着他帅气的面容，心中暗自可惜，这么好的一副皮囊，过不了几天就会化成灰烬，我将度他去向极乐世界，从此一了百了，人生再无烦恼。

也就是在那个时候，我突然遇到了另一个足可以改变我命运的女人，一个和我很像很像的女人，她就是卢一荻。

4

第一眼看到卢一荻的时候，我突然产生了一种恐惧，那是我好多年都没有出现过的情绪。

我恐惧首先是因为她长得实在太像叶子了，在昏暗的灯光下，我甚至以为是叶子找到了我。

好不容易镇定了情绪，我又看了她一眼，结果这次竟然从她眼里看到了我自己。

是真的，在此之前，我从来不相信会有这种奇怪的感觉，你明明看着一个完全陌生的人，却有着说不出的熟悉感，千万分之一秒间仿佛就了解了她的全部。当然，你在她面前也暴露无遗，无须解释，也无法伪装，你所有的脆弱、委屈、疼痛、欲望统统无处安放。

为了缓解恐惧，我甚至主动给她唱了首歌。

歌是我很喜欢的作家一草写的一本书的同名歌，叫《那时年少》，这首歌是我内心仅存的美好。

唱完后，我不那么紧张了，于是决定赶紧走。

可是她竟然在我身后说了一句废话。

就是这句废话让我决定收留她。

5

如果说之前和叶子相遇、相爱更像是命运安排使然，那么现在遇见卢一荻更多的是命运的意外。

我已经没有心情再去好好谈一次恋爱，更没有能力去好好爱一个人，我有着明确的人生计划，严丝合缝，不容疏忽，女人只会带来麻烦——好吧，这些道理我都懂，可我还是为了卢一荻改变了我的想法，不但接受她成为我的女朋友，甚至允许她经常住在我家。要知道，虽然此前我也不缺女人，可从来没有一个女人可以获得如此权限。

对此我的解释只能是，这个卢一荻实在和其他女人都不一样。

其他女人只懂得爱慕我、讨好我，甚至逆来顺受，面对我的虚情假意，总是欲罢不能。可是卢一荻不会，她爱的时候比谁都更爱，凶起来比谁都更凶，我骂她一句，她敢回十句，我打她一拳，她敢和我拼命。我的前女友们来找她算账，竟然全都被她活活吓跑，从此再也不敢露面。还有，她竟然给我钱花，所有的压岁钱和生活费统统给了我，好几次我用病态的心理说钱还不够，结果她就回去和她妈妈吵架，然后将威逼利诱得来的钱再给我。好吧，任凭我走遍大江南北，阅人无数，如此秉性的女孩我还真的头一次遇见，而且要说这个性，其实也真的挺像我。

是的，和卢一荻在一起越久，就越会觉得她像我。而在某个轰轰烈烈的罅隙，我甚至产生了一种放下一切，然后和她好好恋爱、好好生活的冲动。

这种冲动让我感到害怕，所以我决定赶她走。我打她，骂她，侮辱她。

可是她就像藤蔓，生命力极其顽强，我打她她就还手，我骂她她就还口，我侮辱她她根本不在乎。

就这样，我们吵吵闹闹，竟然过去了不少日子。

而我也一次又一次将和她的恋爱有效期延长又延长，甚至告诉她我的不少秘密。

虽然我内心已经足够坚硬，但毕竟是人心，依然有时会孤独，只有她的安慰可以将我温暖，因为只有她真正懂我。

就这样，我们每天打着、骂着、爱着，互相折磨着，体验了前所未有的恋爱感觉。

如果不是发生了后来那件事，或许我还会将这种感觉延长，因为我真的挺喜欢，甚至很享受。

只可惜，人生没有如果，所以只能面对遗憾。

6

那件事就是卢一荻竟然也怀上了我的孩子。

对了，差点忘了说，我原本以为像卢一荻这样的女人肯定早已经验丰富，却怎么也没想到她竟然还是个处女。当我们第一次上床后，看到她臀下的猩红，我突然很生气，因为这超出了我的认知，因为我知道这对她意味着什么。我不想负责，更不想她对我更多纠缠，所以我表现得很冷漠，甚至立即穿衣走人。我知道我这样做真的很伤人，我更希望她骂我狼心狗肺，最好就此离我而去。可是没有，她并没有因此提更多要求，也没有变得更加在乎，还是一如既往地用她独有的方式爱着我。

慢慢地，我放下了戒心，觉得就这样不解释、不负责地苟且下去也好，总有一天她会累了、倦了，心灰意冷了，就会离开我。

可是，她竟然怀上了我的孩子，竟然还告诉了我，问我想怎么办。

那一瞬间，我简直气得要爆炸。我突然发现我还是太幼稚了，女人就是女人，再奇怪的女人也不可能变得绝对不麻烦人，这个卢一荻只不过是隐藏得更深、伪装得更好罢了。你看，现在她手握着把柄就开始对我磨磨叽叽，和其他愚蠢的女人并无两样。

为了让她彻底死心，我先是用最恶毒的语言将她骂走，然后算好了时间，等她再次出现的时候，让她看到我和一个妖艳贱货正在床上交媾。我原以为以她的个性，不将那个女人打得半死才怪，结果她只是流着泪问我到底有没有真正爱过她。

哈！这个问题实在太好回答，我当然说没有了，从头到尾她不过是我的一个玩物，呼之即来、随手可弃的那种。

果然，她终于绝望了，终于决定放弃了。我眼睁睁地看着她擦干眼泪，将身上所有的钱都掏了出来，整理好后放到我的床头，然后将床上凌乱的被子叠好，将厨房里油腻的碗筷洗干净，将四处东倒西歪的桌椅扶正，就像她做过无数次的那样将我的房间收拾干净。然后，她走到我面前，深深地亲吻我的脸颊，认真地对我说：“知道吗？你是第二个伤害我的男人，我一定会让你付出代价，你知道我的性格，我要么不说，说到就一定做到。所以，你等着。”

7

呵呵，卢一荻竟然威胁我，还让我等着。这很卢一荻，我一点都不意外，我倒是要看看她能怎样折腾。

只是心中还是会有一丝悲凉，不是因为她，而是因为自己，曾几何时，我也这样被叶子一次又一次伤害过，最终由爱生恨。虽然我并不害怕任何人的报复，但依然会心疼。我突然觉得爱和伤害宛若循环：叶子那么爱那个男人，结果受伤很深；我那么爱叶子，于是也受了很大的伤害；现在我又伤害了卢一荻；或许过不了多久，她就会伤害另外一个人……如此绵延，永无绝期，从此人间全是怨恨。

原本我以为卢一荻很快会再次来找我，甚至哀求我，就像我对叶子那样。可是没有，她消失了很久，也消失得很彻底。如果我不刻意打听，我甚至不知道她已经和另外一个小有名气的流氓混到了一起。那个混混我也知道，名叫甄帅，是个孔武有力的莽夫。我之所以知道此人，完全是因为他是鹿安的小弟。也真是搞笑，我想过很多和鹿安发生联系的方式，却怎么也想不到竟然是通过这个途径，不过这对我的计划几乎没有用，所以我也没有多想。

另外一点让我想不到的是，我对卢一荻的离开并没有原以为的那么云淡风轻。事实上，她离开的第二天我就周身不适，仿佛少了点什么。虽然她并不可爱，也不温柔，甚至很病态，可就是与众不同；虽然我一直没当真，可不知道什么时候，她已经在我心底留下了烙印；虽然我的确能控制住自己，不去主动找她，但我明白如果有一天她再来找我，我一定不会拒绝，不但不拒绝，反而会很高兴，我甚至会说上两句甜言蜜语，内心都不会觉得矫情。

就这样，仿佛一场战争，我和卢一荻谁都按兵不动。我坚信她一定不会像表面那样真的一点都不在乎，我坚信她一定还爱着我，就像我坚信她一定会先回来找我，没有理由，全凭直觉，就像上次我坚信一定能让叶子爱上我，一定能够成功报复她一样。

谢天谢地，我的直觉再一次灵验了，我等了近两个月，终于等到了她的音讯。那天我正百无聊赖地一个人喝酒，五分醉意之时，突然接到了她的信息，她告诉我她已经开好了房间，等我过去。

我必须承认，当时我欣喜的心情让我放松了警惕，我过分简单地将其视为一场冷战的胜利，所以我甚至连向来不离手的刀都没带就前去赴约。一路上我开足了马力，眼前浮现的全是她那魅惑的笑容，我真的很想她，我需要立即拥有她。

所以，当我推开房门看见她的那一瞬间，我几乎是用尽全力将她拥入怀里，那熟悉的体香和体温，那熟悉的姿势，一切的一切都让我如饥似渴，欲罢不能。

我赤裸着趴在她身上，像一只待宰的羔羊。

后来我想，如果那天她想杀我，我一定死了好几次。

事实上，她那天想做的和杀了我也差不多，虽然疑点颇多，但我真的一点都没防备。

事后她去洗手间洗澡，过了很久才出来，也没有立即上床，就站在一边冷漠地看着我。

我依然没有半点提防，主动将她抱起，轻轻放到床上，然后紧紧拥入怀里，用手爱抚着她的脸庞，然后温柔地说："如果我说我想你了，你一定要相信。"

毫无疑问，这已经是我能对她说的最肉麻的话。

她显然很意外我会这样说，所以她瞪大眼睛看着我，眼神里满是疑惑，像只惊慌失措的小鹿。

她的样子让我觉得好可爱，于是我又情不自禁地在她鼻子上刮了一下，然后和她开玩笑说："你的报复好狠啊！"

“你说什么？”她的眼神越来越疑惑，连语气都变得慌乱。

“哈，我知道你要报复我，却怎么也没想到你的报复就是让我爱上你。”我在她脸上“吧唧”亲了一口，“你真的太像我了。”

她突然转过脸，浑身急剧颤抖，开始哽咽。

我试图将她扳过来，她不肯，于是我从背后搂住她，然后在她耳边轻轻说：“对不起，让你受苦了。”

她突然号啕大哭起来，然后猛地转过身，在我肩膀上狠狠咬了一口，崩溃了一样撕心裂肺地喊：“为什么会这样，你为什么要这样说？我讨厌你，我恨不得亲手杀了你！”

我强忍着疼痛，一声不吭，我知道她需要发泄，相比我给她带来的伤害，这点疼痛算不了什么。

只是她突然狠狠用力推开我，对我大叫：“你快走，我永远都不想再见到你！”

我以为这依然是她的怨言，却看到她冲到门前，将门打开，然后再次高喊：“余阮，你快走啊！他们就要来砍你了，再不走就走不掉了。”

8

那一瞬间，我突然什么都明白了，顾不上穿衣服，我裹上浴巾，立即向门外冲去。

可是已经来不及了，我听到走廊里传来的喧哗声，对方人很多，冲在最前面的那个人不停地喊着卢一荻的名字，显然就是她的新男友甄帅。

我很清楚如果被他抓到会是怎样的下场，我所有的努力都将功亏一篑、付之东流，所以我想也没想就跳到了窗台上，然后将身体挤在一侧。我脚下是几十米的高空，稍有不慎就会摔得粉身碎骨。

在我藏好不到一秒钟后，我就听到那群人冲了进来，那个甄帅像发了疯一样逼问卢一荻我去了哪里，还说一定要活活砍死我。

我的心悬到了嗓子眼，我真不敢保证卢一荻还会包庇我，今天这一切显然是她精心设计的局，只要她一个眼神，她就可以实现对我的完美报复。

谢天谢地，她没有出卖我。我听到卢一荻一直在哭，却始终不说话，甄帅的质问声越来越大，好像要吃了卢一荻一样，直到在场的一个男人说话，他才慢慢冷静下来。

我虽然看不到这个说话的男人，但我可以确定此人一定是鹿安，因为只有他才可以在这种时刻让所有人安静。他的声音一点也不大，却透着一股不容置疑的威严，这就是天生的老大。

怎么也没想到，我和鹿安距离最近的一次接触竟然是在如此场合，充满了戏谑。

我听到鹿安让甄帅不要逼卢一荻，又让卢一荻有话好好说，他可以保证谁都不会伤害她。

卢一荻似乎也已经从慌乱中平复，我听到她清晰地回答说我已经走了，是她让我走的，因为她改变主意了。

接着，我听到甄帅破口大骂了两声，然后赶紧追了出去。房间里很快恢复了平静，好像已经空无一人。

我很想跳进去，可是没有，潜意识里总觉得危机还没有解除，还得再忍会儿。果然，没过几分钟，房间里又传来脚步声。脚步声很重，显然是个男人，而且脚步声越来越近，越来越近，一直走向窗台。

我几乎可以肯定此人还是鹿安，他果然是只老狐狸，刚才说不定是他欲擒故纵，他早就怀疑我根本没有离开，所以杀个回马枪。现在他只要再往前走一步，就能发现我。怎么办？我是跳下去，还是和他拼了？我手里没有刀，衣服还没穿，我一定不是他的对手。

我经历了大大小小百余场战斗，经历过无数次生死关头，却从来没有哪一次像这样慌乱无助过。

就在我六神无主之际，他的脚步声突然停了。我们之间就隔着一扇薄薄的窗户，甚至可以听到彼此的呼吸。

空气仿佛凝滞，我全身肌肉紧绷，决定只要他发现我，就立即抓住他一起跳楼，和他同归于尽。我自信以我的臂力和反应速度可以做到这一点，一命换一命，我贱命一条，怎么也不吃亏。

可是他真的停了下来，完全没有再往前一步。他为什么要这样做？

如果说他真的没发现我，我自己都不相信；如果说他因为害怕我，那他就不是鹿安。我真的百思不得其解。

门口突然传来一个女孩的声音，她呼喊着鹿安的名字，语调里透露出关切和担心。

鹿安立即往回走，边走边答应，声音里同样爱意绵绵。

鹿安管这个女孩叫七七，以前我好像从卢一荻的嘴里听到过她的名字。对，就是她，卢一荻说过，这个七七是她唯一的朋友，也是她最讨厌的人。

我情不自禁地笑了起来，真想不到鹿安竟然又爱上了一个女人。这很好，只要动了感情，就会有致命的弱点；只要心里有了一个人，再强大都可以被摧垮。

短短几分钟，我由死到生，更是收获重大，老天还真是对我不薄。

短短几分钟，我已经完全想好了后面应该怎么办，我之前的方案被全部推翻，新的计划却更刺激。

鹿安啊鹿安，既然我们的战争已经吹响号角，那就让一切来得更有意思吧！

一切都已结束，一切才刚开始。

你们，等着我！

后 记

Epilogue

这一次，我们都说话算数

作为那么多朋友的草叔，
听她们的故事，写她们的青春，
记录下她们或卑微或残酷的成长，
更有她们心中对爱、对未来期待的光芒万丈，
我觉得很自豪，更有成就感，
这简直是一个作家最有价值的体现。
如果可以，我真希望一辈子这样写下去。

——一 草

1

这个世界上始终有很多荒谬的事，至少看上去是。

法国新总统马克龙年轻帅气，妻子竟然足足比他大了二十四岁。

我的一位〇〇后读者今年还不到十七岁，肚子里的孩子已经八个月了。

我十八岁就开始写青春小说，二十年过去了，成了一位如假包换的大叔，却还在写青春，而且越写越“年轻”，乐此不疲地写着少女的残酷青春故事。

……

这些是不是都很荒谬？

每当别人特期待地问我究竟在写什么的时候，我都自豪地如此回答，然后保准从对方眼神中读到一丝讶异。

当然，也有人的反应是这样的——先惊讶，很快笑眯眯地挤眉弄眼说：嗯嗯，残酷少女，我懂的，刺激哦。

每每这个时候，我都有一种被猥亵的感觉。

2

可真的荒谬吗？

马克龙的妻子是他的中学老师，十七岁那年，他爱上了她，从此专情直到现在，而她更是陪伴他，直到他君临天下。这不就是最完美的爱情故事吗？

我的那位〇〇后读者身世凄惨，四岁前不知何为爱，四岁懂事后却从未遇见爱，她的成长中只有欺凌、谎言、疼痛和泪水。十四岁后床上床下，人来人往，金钱是唯一的通行证，直到十六岁，终于遇见可爱之人，她不想再分开，她要给他生个小孩，非此不能表达自己对他的信任和依赖。她真的很幼稚，甚至愚蠢，但她比谁都有勇气。

而我，作为那么多朋友的草叔，听她们的故事，写她们的青春，记录下她们或卑微或残酷的成长，更有她们心中对爱、对未来期待的光芒万丈，我觉得很自豪，更有成就感，这简直是一个作家最有价值的体现。如果可以，我真希望一辈子这样写下去。

3

每个人心中都有唯一不可取代的事情，对我而言就是写作。

还记得写作的第一天我对自己说，有一天你或许会失去一切——财富、地位、名誉甚至亲人，但你永远不会失去写作的能力，因为只需要有一双手、一支笔，你就可以继续写下去，甚至没有手、没有笔也能写，而只要能写，你就是幸福的，就是与众不同的，就是富庶的，这就是你活着的价值和理由。

我很高兴二十年过去了，我依然如此理解写作的意义，并且庆幸自己还有写作的能力。每次写作时，心头依然会涌起那种独特的甜蜜和幸福，这种快感，或许只有初恋可与之相提并论。

初恋只有一次，写作却可以持续终生。

4

更幸福的是，写作不只是我的爱好和特长，还是我的职业，我的生存之道。这简直不可思议。

你想想，一个人每天的工作就是自己最喜欢的事，会有多开心。

一开始当然不这样。和很多毕业后面临“回老家还是留在北上广深苦熬”“做自己喜欢的事还是做不喜欢却能让自己活下去的事”等艰难选择的年轻人一样，我的写作之路也充满了坎坷和荆棘、阻力和诱惑，甚至比大多数人更多，可无论是“毕业了一无所有”时期，还是“干广告做得还不错”阶段，写作始终犹如一道亮光在前方指引着我，让我膜拜，让我接近。

于是，从上海到北京，从制药工厂到文学殿堂，我步履蹒跚，却从未犹疑，无法一步到位就曲线救国，得不到理解就忍辱负重，就这样靠近再靠近。终于有一天，眼前的光消失不见，因为光已经将我包裹，我成了光，光就是我。

5

这个五月，我再次与过去进行了告别，将全部精力都投入写作中。这一次，不仅我自己全心全意去写，我还带上了我签约的作家朋友们，我知道他们和我一样热爱写作，所以我要给他们提供完美的写作环境。很多我走过的弯路，他们不需要再走一次；很多我吃过的苦，更应该变成他们的财富。

其实，创建一家“文字公社”是我多年的夙愿。记得二〇〇一年那会儿，在“榕树下”认识了几个志同道合的好朋友，心中真的是将彼此视为兄弟姐妹，因为大家分散在不同的城市，特别希望在上海有一间属于我们的公寓，大家同吃同住同写作，同喜同悲同成长。

现在想想，好天真啊！物质条件遥不可及不说，更远的距离其实是人心，但那会儿从未怀疑过。一次面试后，我从打浦桥坐十七路回杨浦，靠在椅背上晃晃悠悠睡着了。迷糊间，我好像真的有了这间公寓，我的兄弟姐妹们也真的聚到了一起，我们欢声笑语，看书、写作，偶尔也吵闹，而我就像大哥哥一样照顾、守护着他们……

记得醒来的时候，我的嘴角还流淌着笑意。

6

后来发生的事当然证明了这只是一场美丽的幻想，生活很快展现出了残酷的坚硬，我们东奔西顾，作鸟兽散，重新组合，各自流离，转眼已是十多年。

而现在，我终于有能力去营造这样的环境，虽然不是公寓，但比公寓更有格调，也更温馨；虽然我们不再以家人自居，但感情和信任只会更加成熟。这里除了有创作所需的各项硬件条件，还有我们独特的创作管家，陪吃陪喝陪聊，全面服务我们的作家：你写不出来了可以找管家撒气，你心情不好了可以找管家谈心，你情感泛滥了可以找管家宣泄，你寂寞郁闷了可以找管家作陪。

总之，在这里，你绝不孤独。

亲爱的朋友，如果你热爱写作，你可以来北京，这里是你离梦想最近的地方；如果你来北京了，你可以来望京嘉美中心一个叫“优阅优剧”的创作空间，这里将会是你梦想起飞的地方；如果你不知道我们在哪里，请你竖起耳朵聆听，欢声笑语传来的方向就是你要寻找的地方。

我们，一直都在！

7

说回这部小说。

和《青是受伤，春是成长》《曾经的我们，最好的时光》一样，小说创作的起源以及部分内容都源于真实，这次故事的主角是一个叫璐宛溪的四川女孩，她身上有一种真诚的力量，也有不管不顾的决绝，让你很难去忽略她。

记得五年前我开展了“我有一支笔，寻找有故事的你”活动后，无论在QQ、微信、微博上，还是通过其他渠道，总能听到很多很多孩子的成长故事，这些故事或支离破碎，或触目惊心，但连续好多天，每天好几千字地去倾诉的人只有她一个。而且，她故事里的人物都给我留下了深刻的印象，特别是为了和好朋友不分开，甘愿放弃名牌大学的入学资格，就读本地一所高职院校的她自己。我相信这是真的，相信她给我讲述的所有残酷甚至匪夷所思，更相信她内心深处始终坚信的美好，只要坚守这份美好，再疼痛的青春都不会白过。

所以这一次，我要写璐宛溪的故事，我要让她当我的小说的主角，生活中没有实现的梦想在书中可以实现，没有留住的美好可以留住，没有相守的爱人可以继续拥抱彼此。

8

和之前的几部小说相同的还有，即使有了真实的故事作为支撑，接下来的创作依然是漫长的、煎熬的、痛并快乐着的。因为现实虽然深刻，但冲突性还是不够；因为真实虽然残酷，但残酷还不足以支撑一部小说。所以还需要解构，需要创造，甚至需要重建，因为可以入书的人物一定是极致的，可以入书的情节一定是戏剧的，这是写作最基本的要素，却也是最难完成的。

所以，这部小说耗费了我极大的心血精力，对每个人物我都经历了一个从陌生到认识到推翻最后到清晰的过程，每个人的故事也都经历了从真实到虚构再到确定的过程，整个阶段历经一年多时间，花费的总时长何止千余小时。回望过去，只记得在飞机上，在高铁上，在台湾，在东京，在岛上，在黎明，在黑夜，在一个又一个忘记时间的罅隙，我都在电脑上一个字一个字地敲打着、塑造着，最后才有了你们现在看到的这部小说。

即便如此付出，依然是未完成的状态，但我已经迫不及待将它与你们分享，你们的肯定和期待是我继续将这个故事讲完的动力。

不对，其实这种故事是讲不完的，不是吗？

所以，只要还有人愿意说，还有人愿意看，我就愿意一直写，这是我们之间的约定，也是对我最大的恩赐。

9

感谢所有在我创作本书过程中帮助我的朋友。

感谢我们的签约作者张逸凡同学提供了《草莓》这个书名创意，她还给本书写了同名主题曲，非常好听和走心，在各大音乐平台上都可以免费收听。

今年刚毕业的袁娅婧同学，她为本书创作了非常漂亮的插画，更重要的是，她如此特别，又独具才华，期待且相信和她会有更多的合作。

还有王亦菲、汤建伟、黄玮、陈瑜、印陈惠子、陈卓、张怡宁、安娜、邵欣怡，他们为这本书拍摄了主题照片，他们都很美。

感谢南京哇哦摄影工作室为我们提供了拍摄的场地，帅气的陈昭店主还亲自调光。

感谢元子同学对我多年的信任，感谢老于、徐娅、郭洁、小舞、小瑜等同学的支持。

当然，还有我最重要的家人和战友：包包、丁丁、铁拐周、望京小姚。

最重要的是，璐宛溪，等着我带着这本书去四川找你，我说过这是送给你的礼物。

这一次，我们都说话算数。

期待书里的人物都会有好的宿命，毕竟没有谁是真的罪不可恕。

期待自己的笔触可以更成熟、更平和，眼前的世界可以更温暖、更开阔。

我们下本书、下个故事，再见！

你们的草叔

2017. 12. 14

活动：
我有一支笔，寻找有故事的你

1

草叔，上初中时，我身上发生了一件很不好很不好的事情，可以说是人生污点吧，这辈子都没办法忘掉的那种。这件事到我上高中后就没有人知道了，但我现在很想说出来，很想告诉你，因为我看过你写的书，孟亦柔比我更可怜，我也很心疼她，甚至在她身上，我看到了自己。所以，谢谢你给我这个机会说出这个故事！

这是一个十七岁的南京女孩找到我时说的开场白，透过网络，我感受到了她的不安，仿佛受惊的小鹿。

说出自己的故事，特别是那些成长中隐秘的、伤痛的甚至难以启齿的故事，并不是件容易的事，但为什么还要去说？

因为只有说出来，才能告别；只有再次面对，才能真正遗忘。

更因为，这世上不只是你一个人有如此经历，承受着山一样的负担，惶惶不可终日地面对每一天。

其实，很多人和你一样，你一点都不特别，一点都不孤独，一点都没有必要自怨自艾。

是的，你不知道，我却知道。

2

十年前，我开始酝酿创作“少女残酷成长”小说，感谢我的几位九〇后朋友讲述了她们的故事，于是有了这个系列的第一本书《青是受伤，春是成长》。五年前，当我意识到我可以写下更多少女在成长过程中的隐秘过往时，我开展了“我有一支笔，寻找有故事的你”的主题活动，鼓励有故事的她们去讲述、去回望，因为伤痛和恐惧是无法真正埋葬的，阳光才是最好的解药。

五年，一千八百二十五天，一共有二百七十五个朋友给我讲述了三百多个故事，有的只有寥寥数语，有的长篇累牍，有的绝对让人触目惊心，而每一个故事都让我难忘，每一个讲故事的人更是宛若在眼前。

对创作者而言，这些都是最宝贵的财富，我无比珍惜，并且希望继续。

3

所以，我决定，将这个活动继续下去。

所以，如果你认为可以了，请加我的微信公众号，然后留言告诉我你的故事。

或者，把你的故事安静地写下来，发给我。

我的微信公众号和邮箱文后都有，我随时都能看到你的故事。

然后，我会给你回复，和你聊天，还会酌情把你的故事写下来，变成小说，从此封存。

我想那一定是送给记忆最好的礼物。

4

有些故事已经结束，有些故事正在发生。

有些故事讲出来才可以真正告别……

我有一支笔，寻找有故事的你。

我一直都在，我在等你。

你又在哪里？

一草邮箱：*32837645@qq.com*

一草微信公众号二维码：

图书在版编目（CIP）数据

草莓 / 一草著 . —长沙：湖南文艺出版社，2018.2
ISBN 978-7-5404-8518-4

Ⅰ . ①草… Ⅱ . ①一… Ⅲ . ①长篇小说—中国—当代 Ⅳ . ① I247.5

中国版本图书馆 CIP 数据核字（2018）第 008296 号

上架建议：青春文学

CAOMEI
草莓

作　　者：一　草
出 版 人：曾赛丰
责任编辑：薛　健　刘诗哲
监　　制：于向勇　秦　青
选题策划：优阅优剧
策划编辑：徐　娅
文案编辑：郑　荃
营销编辑：刘晓晨　刘　迪　罗　昕
封面设计：弘果文化传媒
出版发行：湖南文艺出版社
（长沙市雨花区东二环一段 508 号　邮编：410014）
网　　址：www.hnwy.net
印　　刷：北京鹏润伟业印刷有限公司
经　　销：新华书店
开　　本：875mm × 1230mm　1/16
字　　数：219 千字
印　　张：16.5
版　　次：2018 年 2 月第 1 版
印　　次：2018 年 2 月第 1 次印刷
书　　号：ISBN 978-7-5404-8518-4
定　　价：39.80 元

若有质量问题，请致电质量监督电话：010-59096394
团购电话：010-59320018

草莓

词：张逸凡　　曲：毛子晴

后来　你没再哼这首歌
就像　大人框不进故事了
飞鸟和鱼都出现过
伊甸园醒着
你牵着我　被神在　美梦一朵

大叫　春天变一场空壳
沉默　放时间拥挤着赶车
那一秒风吹得快活
养料缺席了
我的少年　终于冲进她的快乐

这里什么都没有
我们朝着大楼走
手捧一无是处的温柔
不敢说出口

你曾鲜活如我
也曾破碎如我
又在惊慌无措　遗憾低落
你曾泼水成河
也曾夜半起火
被扔在荒野里漂泊

……

一口一口吃掉我
一声一声叫醒我
睁眼已在高处
无人吻我

扫码听《草莓》
同名主题曲

快来测测你是《草莓》中的谁

答案见手账最后，不许提前偷看哦！

1 请问你最喜欢以下哪种水果：（ ）

A. 榴梿　B. 苹果　C. 火龙果

2 请问你喜欢哪种宠物：（ ）

A. 蜥蜴　B. 狗　C. 猫

3 请问你最喜欢以下哪种运动：（ ）

A. 蹦极　B. 跳操　C. 慢跑

4 请问你最喜欢哪种音乐：（ ）

A. 摇滚　B. 流行　C. 民谣

5 请问你最喜欢哪种类型的影视剧：（ ）

A. 悬疑惊悚　B. 唯美偶像　C. 人文历史

6 请问你最希望去哪里旅行：（ ）

A. 极地　B. 城市　C. 古镇

7 请问你喜欢喝什么饮品：（ ）

A. 酒　B. 果汁　C. 水

8 如果你感到压力很大，会通过哪种方式发泄：（ ）

A. 购物买买买　B. 大哭一场　C. 睡觉吃东西

9 如果你和好朋友闹别扭了，你会：（ ）

A. 生气绝交　B. 冷战　C. 伺机道歉

10 如果你好朋友主动向你道歉，你会：（ ）

A. 拒不和好　B. 酌情考虑　C. 立即原谅

11 如果你喜欢一个人，你会：（ ）

A. 直接告白　B. 想办法接近，培养感情　C. 暗恋

12 如果你发现恋人劈腿了，你会：（ ）

A. 什么也不说，先打他一顿　B. 找他谈清楚再说

C. 删除一切联系方式，默默离开

请照顾我所有的坏脾气，不管我说什么，都不准离开我！

请照顾我所有的坏脾气，不管我说什么，都不准离开我！

Strawberry Smoothie

请照顾我所有的坏脾气，不管我说什么，都不准离开我！

请照顾我所有的坏脾气，不管我说什么，都不准离开我！

请照顾我所有的坏脾气，不管我说什么，都不准离开我！

No.

请照顾我所有的坏脾气，不管我说什么，都不准离开我！

请照顾我所有的坏脾气，不管我说什么，都不准离开我！

《草莓》人物测试结果大公布

没有测试，不许看哦！

首先感谢你完成了我们的小测试，下面请统计一下你的总得分。

其中A选项3分，B选项2分，C选项1分。

如果你的总分在30分到36分区间，
那么你是《草莓》中的“紫草莓”**卢一荻**。

你的性格相对极端，也非常有个性。

你或许经历过很多伤痛，因此对生活比同龄人理解得更现实。

虽然你会因为这种性格失去一些天真和单纯，

但也会拥有很多别人可望而不可即的魅力，特别是独立、果断。

如果你能够更平和一点地去看问题，给予身边的人多一点包容和理解，

你的人生将会非常精彩。

不管如何，你已经是特立独行的存在。你真的很酷！

如果你的总分在18分到30分区间，
那么你是《草莓》中的“红草莓”**陶梦茹**。

你是一个成熟且理性的女孩，对人诚挚，对事认真，

是老师、家人眼中的好孩子，值得朋友依赖的人。

性格使然，或许你不会拥有大悲大喜的人生，但平平淡淡也是真，

你一定会追求这种能够把控的状态。

如果有时你不那么理性，或许将会收获更多的感情。

总之，你已经很优秀。你真的很美！

如果你的总分在12分到18分区间，
那么你是《草莓》中的“青草莓”骆宛溪。

你是个单纯的女孩，不谙世事，偶尔也会很任性，
从小到大一直都很开心，幸福就是你的同义词。
你愿意相信别人，愿意付出，甚至愿意为了别人去牺牲自我。
可是你也很容易受伤，因为你把世界和别人想得过好，
觉得自己没有公平地得到回报。
这些其实不是坏事，在一次次的受伤中，你会成长得更好。

亲爱的朋友，请和你的朋友分享这个小测试吧。
不要忘记把结果告诉我们哦！
请将你的姓名、年龄、星座、爱好、梦想等简介，
发到32837645@qq.com，或者关注一草公众号，后台留言。
我们将会在《草莓》官方微博和《草莓2》中刊发你的资料，
同时选出十名幸运读者，赠送神秘礼品。
现在就拿起手机，让更多人看到你！